著

医心帖

刘希彦

天津出版传媒集团

百花文艺出版社

图书在版编目（CIP）数据

医心帖 / 刘希彦著. —— 天津：百花文艺出版社，
2016.7
ISBN 978-7-5306-7043-9

Ⅰ. ①医… Ⅱ. ①刘… Ⅲ. ①散文集-中国-当代
Ⅳ. ①I267

中国版本图书馆 CIP 数据核字(2016)第 163713 号

选题策划：高　为　　　　版式设计：郭亚红
责任编辑：高　为　　　　封面设计：明轩文化·王烨
TEL:23674746

出版人：李勃洋
出版发行：百花文艺出版社
地址：天津市和平区西康路 35 号　　邮编：300051
电话传真：+86-22-23332651（发行部）
　　　　　+86-22-23332656（总编室）
　　　　　+86-22-23332478（邮购部）
主页：http://www.baihuawenyi.com
印刷：天津市永源印刷有限公司
开本：787×1092 毫米　　1/32
字数：167 千字　　插页：2 页
印张：11
版次：2016 年 7 月第 1 版
印次：2016 年 7 月第 1 次印刷
定价：49.00 元

目　录

上 卷

人生何来快乐

有这样一个故事：

四川新都宝光寺来了一个和尚，在禅房打坐入定，一坐就是半个多月不动。和尚们一摸，没气了，于是把他送到涅槃堂火化了。第二天，他回来了，应该说是他的"阴神"回来了。道家的讲法，通过修炼，能让人的"神"脱离躯壳，自由来去，这个就叫阴神。这位老兄的阴神已经炼成，只是没到"聚而成形"的地步，别人看不见他。他在禅堂里叫："我呢？我呢？"和尚们害怕，纷纷跑了，禅房变得空荡荡的，越发阴森可怕。一个老和尚想了个办法，在禅堂里烧了一盆火，又放了一盆水。等晚上那阴神到处找"我"的时候，那老和尚就说："你在火里"。没有声音了，大约是跑到火里找去了。过一会儿又叫了起来，那老和尚又说："你在水里"。安静一会儿，又叫了起来："我呢？我呢？"老和尚就说:"师兄啊,你如今火里也去得,水里也去得,还要那个色壳子做什么呀?"只听见空中哈哈一笑,从此没有了。

那个"阴神"丢了肉身后去了哪里?在鸿蒙太空之中荡来荡去岂不无聊?还是凝结在某个地方,久而久之会不会烟消云散?便替他有些惆怅,我到底是个"色壳子"里面的人,想得到的只有这些。

用"色壳子"来戏称人的肉身,听起来像伪劣商品,或是扎纸铺里扎出来的,一点都不坚牢。原也没错,这个色壳子的确是麻烦一大堆,岂止是怕水怕火,每天一睁眼,要挣钱,挣了要吃,吃了要拉,还要生病,还要生气,还要怕孤独,还要怕老,还要睡,还要睡不着,哪一样都不省事。都想长生不老,真让你顶着这个色壳子长生不老下去,用不了多久便会觉得是这世上最可怕的刑罚,真正的无期徒刑。有人采访一个一百二十多岁的老寿星,她的回答是:"千万别活这么久。"

道家称得道的人是"真人",有"真人"自然就有"假人"与之相对。假的部分大概就是指这个色壳子吧。有人说,人生还是有快乐的,为此忍受些麻烦也值得。人生里面到底又有些什么样的快乐呢?

"食色性也",食色二字自然是最基本的快乐。可是不饿哪来食欲？不憋哪来性欲？都市里的人，跑到西藏看看，好舒服，心里宁静了，是因为在都市里太烦乱。西藏的牧民不一定这么觉得。上餐多吃了两碗，下餐你就不想吃了，不但不想吃，看着饭菜还饱胀反胃，可见世上的快乐不过是痛苦的缓解而已。

有人说，名利能给人快乐。长久的渴求煎熬换来一刻的"快乐"，随之而来的是无穷无尽的麻烦。追名逐利之事大抵如此。

有人做了太多"得"的事，就去"舍"，去做慈善事业。这的确能得到些纯粹的快乐。但最好默默地去做，任何事情和人扯上关系就难免有烦恼。比方说捐款，不让人知道，怕人说不热心公益；让人知道，又说你博名。捐少了，说你吝啬；捐多了，说你是取悦政府，财路不正当。再说，捐多了还是会心疼的，毕竟钱也不是那么好来的，不但辛苦也要担风险。

有人说，什么都不要去追求，寂静虚无最快乐。从本质而言，这种快乐掺假最少。真能达到这个境界内心不游移的，又有几人？《水浒传》里说和尚是"色中饿鬼"，想想也是，好端端的一个人，大房大炕住着，四方施主养着，不用为俗事发愁，饱食终日，精足神旺，不就只剩想那事了。况且那佛堂内山门外什么不来，红罗绿鬓流水一样从眼前过，哪个又经受得住？

道家说，寂静虚无里还有"我"，"忘我"，也就是忘了这个色壳子才会快乐。后来又发展了一套修真的方法，修生命本原的那个"真"，先练气化神，再把"神"凝聚起来，超脱了这个色壳子的障碍，也就是灵魂超脱了肉体，自由自在地玩去了，就像那个宝光寺的游方和尚。就算到不了这个境界，靠打坐把全身气脉走通，这样一来食色也好名利也好，这些浅层的快感便都超越了，于横陈时味同嚼蜡，浑身便能时时处处充满舒畅和乐感。然后又怎么样呢？就能成仙了吗？我不敢说，怕说错。

宝光寺和尚的故事，是南怀瑾年轻时求仙访道听来的，虽非他亲眼所见，出自大学者之口，想来有些出处。我是有几分信的。上帝造人，肉体和灵魂本是两个概念。别的不比，单比那电视机，机器好比是人的躯壳，信号就好比人的精神，本就是两回事。"神"超脱了这个"色壳子"又是一种什么样的存在？和死后的灵魂有什么不同？不能想下去，越想越觉得是个闷葫芦。

其实道也好佛也好，称宗教而非宗教，通科学而非科学，它不是来自至高的造物主，而是信奉一些道理，阐释生命的道理。道家修炼的逸事西方的科学没办法解释，就像中医的经络仪器也检测不出来一样，可谁能否认它的存在呢？打坐的人坐到一定程度，在黑暗处身体会发光，不是什么稀奇事，如今这样的人也还有。那些菩萨神仙的画像不就带着个光圈吗？其实并不是幻想。

世间的传奇莫不如此，听起来像神话，做到的人却觉得不过如此，只是件自然而然的事情。生命里不知有多少我们不知道的奥秘，这些算是浅的了，只是如今鲜有人去探求。如今外物太发达了，对于内在便忽视了。弗洛伊德那一点浅之又浅，心理辅导员层面的分析，都能让人们顶礼膜拜、泛滥天下。近几百年来，人类越来越趋于理性，也就离奇迹越来越远了。

岭上多白云

有一首不出名的古诗，写得很好，句子又简单，看过就能记住。诗是这样的：

> 山中何所有，岭上多白云。
> 只可自怡悦，不堪持寄君。

在《古诗源》里看到的，作者叫陶弘景。《古诗源》里只有他两首诗，另外一首不记得了。编文学史的人不会注意这样的诗，因为它不是人人都觉得好的那一类。

文学史里必选的，像王之涣的"白日依山尽"，李白的"朝辞白帝彩云间"。这样的诗好是好，大家都觉得好，便和大家都不贴心，像国际名模的脸。北京馆子里的改良地方菜也是这样，大家也都吃，都不是很合口味。

内行看书,姿态太崇高,恨不得自己的眼光,别人的眼光,过去将来的眼光都综合到。读者看书是自私的,符合自己的心情,说出了自己想说又说不出来的话就是好,任谁抬高或贬低都没有用。我就是个自私的读者,看书从来就是用交朋友的态度,还是酒肉朋友,碰到和我脾气性情对的,就喜欢,经常翻看。可惜现在的文章,教授、严父、领导面孔的太多了,说自己真正想说的话的太少。

还是说说为什么喜欢这首诗。这首诗是作者对一个人的答复。朋友?政敌?还是请作者出来"服务人民"的当权者?不知道。这个答复很有趣,可以还原成现在的情景再现一下。

比如,有朋友用诡秘的声音给你打电话,说某某领导来了,叫你去哪个大饭店作陪,好找机会认识。你回答说,我已经在吃饭了,丈母娘从乡下捉回来的土鸡,香得不得了,你要是想吃也可以过来。嘻嘻哈哈地就拒绝了,也不会太伤朋友的好心。

或者一个同事在网上给你留言,说你要是不急着去无锡吃杨梅的话,肯定能做成这笔生意,能多挣多少多少钱,无锡有什么呀?不就是杨梅、太湖吗?这个时候,你回答他的兴许是类似于这首诗里的话。

无锡春夏之交的杨梅真是好，我吃过。酸甜肥香，你能想象出来的杨梅最好的味道都不一定及它。那次吃完，连夜带了一筐回北京给公司同事，第二天早上到公司就烂得差不多了，拣出来好的一小盘都不到，也都不是原来的味道。这个时令，超市里也有南方运来的杨梅，我从来不买，照我的经验，能保存这么多天就很可疑，哪里还敢往嘴里送。这样好吃的东西，一年去吃一回，一辈子也就能吃几十回，一笔生意丢了也就丢了，钱再多，把超市的烂杨梅全买回来又有什么用？据说太湖最好的杨梅是在苏州的西山和东山，一定要去。

我是比较贪吃的，如果经济上允许，可以为了吃一次姜禾禾，坐火车转汽车，翻山越岭，回老家两天再回来。"姜禾禾"是我们那边的土话，就是姜的嫩苗。在北方没见过这道菜。叶子细长，紫绿色，直挺挺的一束束扎着在街上卖。吃起来有姜的辣香，还有一股水腥气，有点像莼菜，把柳树皮割开，抹些汁液在手上，也能闻到类似的味道。口感是爽脆的，比竹笋还脆，一嚼簌簌落落地响。李笠翁在《闲情偶记》里说：莼菜和竹笋是植物里的尤物。姜禾禾恰好集中了这两种尤物之所长。我们那边的吃法一般是用些豆豉清炒。这与李笠翁提倡的吃法不谋而合。他说过,本身鲜美的东西是不能用太多作料去掩盖它的。豆豉老气寒酸的霉苦味,恰好能衬托姜禾禾的鲜嫩,好比《边城》里的空气:一个老船夫带着他的小孙女守在渡头上。由于豆豉的这个特点,我们炒嫩豆腐、菌菇也都放它。

一道好吃的菜就这样念念不忘,可见这个世界上让人快乐的事情还是太少,否则大家也不会动不动就说"祝你快乐"。这句话我不喜欢听,细想起来太凄惨,就像病人每天听到的都是"祝你康复"。

爱过的人会永远记得也是这个道理,因为爱的当下是快乐的,哪怕只有片刻的接触,甚至片刻都没有,只是心头一念,游丝一样的荡了荡。后面的痛苦再长,过去了也就忘了。等到老了,有那么几个片刻的快乐能记起来,笑眯眯地挂在脸上,神态才能慈祥。平常的老人,丰衣足食,子孙满堂,最多也就是一脸福相,从心里往外泛的笑意只能自己给自己。

春天过了一个就少了一个。桃花和新柳也是看了一回少了一回。伤春的诗里面,我最喜欢这几句:

寄言全盛红颜子,须怜半死白头翁。
此翁白头真可怜,依稀红颜美少年。

公子王孙芳树下,清歌妙舞落花前。

感叹的不是落花流水归燕,而是人,就很少见,何况还是男人。男人的青春美貌也是很值得惋惜的,只是大家不去重视。

话说得有些矫情,我也不想说了,再说也是老生常谈。今年就很后悔没回湖南过春天,又在北方吃了两个月沙子。北方的柳树是不能看的,枝条和叶子太粗太密,一头假发,一点都没有柳树的气质。我决定过几天去长沙开完会,顺道回家休息,在老家过一个夏天也不错。

回家之前要给几个好朋友打电话汇报一下,免得他们又怪我招呼都不打就消失了。他们照例会问我回去做什么?我也不知道回去做什么。闲逛,吃合口的饭菜,串串亲戚,去河里游泳,坐在河沙上看放鸭子,总之,是些"只可自怡悦,不堪持寄君"的事情。

对了,老家的街上还有几个八九十岁的老人,每天就在门口坐着,静静地打着扇子,和过往的熟人说说话,喜欢笑着说自己快死了,像说去看戏一样。有的一辈子都没离开过我们那个小县城,可他们坦然得很,为什么?只有他们自己知道。我想回去看看他们。

让人生慢下来

前几天去曹雪芹纪念馆，标示牌上说，门前的槐树是曹雪芹生前就有的，有邻人留下的诗为证："门前古槐歪脖树，小桥溪水野芹麻。"

那两株槐树的确很歪。一株已有四百多岁，在曹雪芹生前已是古树。下面的树洞大得可以过人，只剩树皮在支撑着。难怪说"树活一张皮"，剥了皮会死，老得只剩下皮了却还能活着。

另一株是斜躺着长出去，不得不砌一截矮垣将它托住。我猜它曾经倒过，或者原本是斜长在一个土坡上。如今土坡不见了踪影，曹雪芹居住的黄叶村也成了北京植物园的一部分，它却能被保存到现在，若不是托生在曹雪芹家门口，必定不能多得这么多年的寿命。

站在这样古树前，能感受到一种无形的吸附之力。若久站一会儿,甚至会幻想自己也变成一棵树该多好。

小时候看树,胡思乱想会心生怜悯之情,庆幸自己不是一棵树,否则只能永远站在一个地方,哪都不能去。如今看来,不能去也有不能去的好处。北京的胡同里,古槐下坐着的老头,世界各地的游客从他面前过,他只管闭着眼睛打扇子,懒得睁眼一看。他日常的活动范围也就是槐荫下的三两进院落,和那株槐树有什么区别?再成功的人,再有显赫的过去, 看到这样悠闲地在树下晒太阳睡觉的老人,只会觉得自己一辈子做的不过如此,没什么意义。

明代的唐伯虎是快乐指数最高的文人, 他的生活就如他诗里说的那样——"春风脂粉醉千场"。春天不过就是百余日,能醉上一千场,那就是从来没有醒过。他最有名的一首《桃花庵诗》里这样说:

> ……
> 但愿老死花酒间,不愿鞠躬车马前;
> 车尘马足富者趣,酒盏花枝贫者缘。
> 若将富贵比贫者,一在平地一在天;
> 若将贫贱比车马,你得驱驰我得闲
> ……

他所喜欢的人生无非是一个"闲"字，所谓闲中日月长，就是说做个闲人便可将生命延长，何必非要去求长寿呢，太匆忙了，百年也就是一瞬。

真的应该让人生慢下来，休息日找条小巷道走一走，看看那些廉价美味的吃食，还有那些用得着又难买得到的零碎物件，就能明白何谓"你得驱驰我得闲"了。

唐伯虎快乐的秘诀到底是什么？其实很简单：他早年涉嫌参与科场舞弊案，被终身禁了赛，他才得以像树一样扎根风月场，舒展花酒间，不生那些无用的痴心妄念。那些官运亨通的，一辈子与天斗与地斗与人斗与己斗，辛苦了一辈子，最后稍有不慎又是抄家又是流放。明朝那些最有权势的首辅们，张居正、夏言，结局大多如此。还不如早点退下来，坐在家里和姨太太看看唐伯虎画的《春宫图》。

有人兴许会说，树木不会思想，又有什么乐趣。怎知不会思想就没有乐趣呢？我有过这样一次体验——

夏天去湖南新宁的夫夷江漂流，本来是晴天，一片薄云忽然把太阳遮住了，幽明的天光下，两岸的青山移过一座又一座。站在竹筏尖上，想看清什么，眼睛又有些睁不开，只觉得有两条绿色的丝绸从眼前拂过去。想找几句话来描写眼前的景色,脑子竟集中不起来,虚飘飘的,想不起身在何处了。因为暂时丧失了思想的能力,只觉得空空的,心胸无限地伸展出去,脚下感觉不到竹筏了,整个人从里往外涣散,似乎散成了雾状,无所不在又无所不至了……

江风吹来,片刻的凉意过后,才又感到自己站在船上。这大概就是树的乐趣,因为不能思想,反倒能和天地通感,偶尔领会便知是至乐的境界。

你知道人类在退化吗

据说石油最迟会在2050年之前枯竭，所以趁飞机还能飞，应该什么都不干，先把全世界玩遍再说。有时候又觉得是杞人忧天，古时候没有现代交通工具，大家照样玩遍名山大川，不就是徒步吗？说太阳晒多了会得皮肤癌，别听他们吓，古人出游，日头底下一走就是一两年，也没听说有什么皮肤癌。如果晒太阳真会得皮肤癌，只怕也不是紫外线的事，是我们的皮肤退化了。

人类到底是在进化还是在退化？大脑兴许在进化吧，幼儿园就能说英语。可身体呢，古人席地盘腿而坐，站起来还能谦恭地退着走路，现在从凳子上起猛了就会头晕扶墙。坐高了腰酸，坐矮了脚麻，三十岁没到腿就到办公桌上去了。中医讲，喜欢跷腿是下元虚衰的表现。可见我们的腿已经退化了。

旧小说形容壮士"膂力过人"。"膂"是指后腰突起的两块肌肉，人的气力来自于这个地方。现在的腰不是太细就是太肥，健身也只是虚张声势地练出两块大胸肌，很少有后腰结实的，终究少了几分男子气，反倒是前列腺的毛病越来越多。我们的"膂"已经退化了。

从前没有超市，日常饮食皆是一方的出产，来来回回无非那几样。如今超市里天南地北的物产，一天吃出十几样，还说营养不均衡，要补充营养素，如果不是上了药品广告的当，就是我们吸收功能退化了。血肉有情之物尚且不能吸收，何况化学合成的，只怕补了也是造成内脏的负担。还有喝水，信了健康专家的话，一天喝好几升水，喝了也不解渴，反倒浮肿、赘肉，废水排不出去，要去瘦脸抽脂，我们连水液代谢功能都退化了。

剖腹生产和奶粉喂养已是常态，代孕、试管婴儿也不新鲜了，人类的延续只怕也成了问题。单从生殖功能而言，我们没资格笑话熊猫。

"啸术"顾名思义是玩肺活量的一门艺术，魏晋以后已失传。"踵吸"是《庄子》里的记载，说古人呼吸通畅，一口气吸下去能直透脚后跟。现在动不动胸闷气短。在空气污染的时代，呼吸功能退化实在是不合时宜，不过，呼吸能力太好似乎也不对。

梳高髻戴高冠是古人的时尚,屈原"冠切云之崔嵬",帽子都高到天上去了。清朝的女人顶个牌牌尚且举止自若,我们头上一无所有轻装上阵,还生颈椎病。我们的颈项已经退化了。

古人在菜油灯下能读书写字,重檐幽窗下能绣花。现在这么好的印刷术和照明设备,那么多人架着眼镜,我们的眼睛退化得最快。

从前没有美术学院,没有设计师,玉器壁画陶纹上的造型随便挖一个出来便只可仿效不能超越。今天有那么多美术美学和先进工具,却只能模仿前人。我们创造美的能力实在不能说是在进化。

天地的大道,《易经》时代已经穷尽;社会的哲理,先秦诸子也已说完;性命之学衰落到清代,贾宝玉十三四岁已能参禅,明白一切烦恼都是因为放不下,不如"赤条条来去无牵挂"的好。今天的人活到五六十岁能明白这个道理都不算晚的了。我们对本性的认知力已不是退化二字所能形容。

一个出版社的朋友说,以大自然为叙述主体的小说如今没有了,文章里的风景描写越来越少。中国诗歌的最大宗山水田园诗,现在的人已经读不出趣味。古代的文人几乎都是旅行家,自然的爱好者,名山大川的常客。我们的旅游是飞机酒店千篇一律的商场再加上些人工开发的旅游景点。我们的亲近自然之心也已退化。

那些所谓的自然主义者在野外支一个帐篷,拉链一拉,所有的风光都挡在了外面,鼻子里的满是塑料皮的味道,纵有满山的香兰芳芷也是枉然。在所有的物种里,我们是唯一不能和大自然坦身相对的。

兴许我们在某些方面也在进化,至于是哪些方面呢?容我想想吧。

理想的家

还是要有一个孩子。

到了三十来岁就容易想些不应该想的事情：比如，该吃的都吃过了，该玩的玩过了，越活越觉得没什么太大的必要。

有了孩子就不一样了：自己吃过玩过，孩子还没有，多少有些责任；孩子大了，会给自己的生活带来什么样的改变还不知道，心里又有了盼望。于是，这一生还完不了。

孩子不要太傻，宠物都是活泼的有意思。更不要太聪明，根据自己的经验，聪明是一生，糊涂也是一生。通常，聪明人不一定比糊涂人多得到多少，却肯定会失去更多。哪怕不从得失考虑，糊涂人天生就容易快乐；聪明人要想快乐除非极度聪明，然后大彻大悟，——真要到了这个境界，尝过的苦只怕比得到的快乐要多得多，想想还是不划算的。

小孩不要上幼儿园，一生统共就这几年什么都不用想，可以无牵无挂地玩耍，还送去学英语学算术，不太人道。

小学可以上上，字总是要认识的。

中学就免了，两个月就能搞明白的东西，他们要教六年，还未必能教会。比如历史，也就类似一本章回小说，写的也是些你争我斗，还没有金庸的《天龙八部》厚，六年下来有那么多不及格的，所以我不愿意相信那些教育家。

大学就更不要上了——这个道理大家都知道，不用多说。

不过，我说了也不算，看他自己，非要读博士，我也不好拦着。最好是学门手艺，比如种茶种花，一辈子简简单单，乐在其中，图个眼底干净，空气新鲜，混个温饱，极乐人生。

因为有孩子，就会有个妻子。妻子不要太艳丽高档，艳丽高档的衣服通常穿不了几次，也容易过时——"妻子如衣服"大概就是这个道理。普普通通的就好，要对丈夫有起码的尊重，只有这个要求。妇女解放到今天，最大的成绩就是为千家万户贡献了无数爱骂人的女人。我从小就有这个经验,同学的妈妈一般是"凶"的代名词,爸爸则代表着软弱和被骂。做一辈子男人不求如何如何,至少眉头要扬得起来,其眉不扬地过一辈子,再好的男人也会变成个废物。

一男一女要想在一起生活得长久,"爱"字固然是个道理,也止于道理,文艺片里比较派得上用场。放松和信任才是最紧要的,切记,切记。

房子不要大,在地面上就行。有鸟叫,有虫叫,有叫卖声,有邻居在门口喊孩子回来吃饭的声音才像个家。门口有一片树荫让小孩玩耍才对得起孩子。高层的房子通常只有一块惨白的天和浩荡的风。在楼房里长大的孩子,不等上小学就会网络成瘾,因为实在没什么好玩的。

房子周围要有河和山,哪怕是小河小山。林语堂说,他之所以没有成为政棍和奸商,全是因为童年故居的那一片山色。我也觉得是这样,水光和山色映到骨子里,人会变得柔和些,至少不会有自我强迫症,这是很多成功人士的职业病。

家里有热水淋浴就可以。电视机、冰箱、电脑、空调都可以不要,没有它们我保证会吃得更好,睡得更好。

左右邻居最好是一个花匠,一个草药郎中。

首先,他们都是世界上最好的闲聊对象。

有花匠,不费任何力气就可以一年四季享受花草。有兴趣就搬几盆来养养,养死了由花匠负责救活。

有草药郎中,可以减少去医院。最好是真心喜爱治病的那种,不用等我开口他就在研究我的吃饭拉屎。草药郎中的特长是用一盆温水,一两样植物治愈很多难缠的疾病。在他们眼里,旧报纸和烂木板都是可以治病的,事实上也确实是这样,《本草纲目》里就有这样的记载。他们比中医还简单直接,没有那些"君臣佐使"的虚文。他们很少失手,因为他们是经验主义者,不是从化学公式和解剖图样上学的治病。在治病之前,他们比医学教授敢打包票,不用让亲人签生死有命,富贵在天的协议,让病人在精神上就占了先机。他们喜欢骂医院,在他们眼里,医院就是一个骗钱的,人财两空的地方,听起来似乎很好笑,细想句句都是至理名言。

四五家开外应该有个小饭店,山野化的鸡毛小店,老板是我的好朋友。不求他们家的厨艺好,只求四季的野蕨野菌野笋野果有山民往他们家送,好分给我一些。这些东西美味不说,绝对没有喷过农药,绝对的"有机"。乡下的草上面都是虫眼,菜蔬却完美无瑕。虫都不吃的东西人却吃,我们的"文明"有时候真让人哭笑不得。

在附近最好多一些孩子。赤着脚,会打架,会爬树,晒得像小雷公一样的最好。我会时常准备些零食让他们来吃。看着小孩狼吞虎咽地吃东西,是世界上最快乐的事情,尤其是你给他们吃的。

离家不远应该有个中等城市,不为别的,就为去北京上海这样的大城市交通上方便些。我的工作离不开这些地方,毕竟还是要为生计考虑。

还有没有别的? 暂时还没想好,想好再写上来。

不是我要把自己搞得这样另类,我只是想活得更像个生物,而不是机器的一部分。

理想的生活

　　大约是二十四五岁的时候有过一个结论：理想的生活就是天天谈恋爱。

　　这个想法有个背景,就是之前的十年过得太辛苦,全部的气力被两件事占据了:考大学和生存。最糟糕的是,好容易身上有了点钱之后才发现,钱也没预想的那么有用。

　　于是沉湎了两年,过程就不说了,两年后幡然悔悟:谈恋爱是最不值得做的事情。理由是事业上再不顺利,大体上还是有付出有回报；谈恋爱的付出和回报往往是相反,而且过程当中的痛苦比快乐多。

　　经历过这两次醒悟,很多人就厌世了,我一度也是。有两样东西起过治疗作用:麻将和喝酒。但是不能停,输光身上所有的钱和宿醉醒来后是最空虚的,不仅厌世,对自己也是嫌恶之极,躺在旧沙发上,觉得自己像沙发上长着的一块霉斑。

还好,身体很快会提醒你,喝酒和打麻将都不能过量。尤其是一些泌尿系统出现的隐患,对人的约束力相当大。弗洛伊德的话还是有道理的, 人用下半身思考的时候往往容易奏效。

2003年"非典"的时候回不了北京,在老家休息了半年,无所事事,过得很舒服。第一次觉得自己活得像个生物:每天起来吃东西、游玩、然后睡觉;第二天重来一遍。

走了很多周边的山山水水,看到人迹罕至的地方,树木是何等茂盛,动物是何等悠闲。这才明白,人类辛辛苦苦把自己从动物里文明出来是一件多么没有意义的事情。地球上唯一要工作才有饭吃的物种就是人,而且要拼命工作, 有钱无钱都要终生为钱操心担忧。不像动物,吃的东西到处都是,和它们自身一样,天生就长在那里,好多山苕野蕨吃不完都随风化掉。越高级的动物得到食物越困难,奔波和追杀是食肉哺乳动物的事,鱼类和昆虫基本只需张张嘴巴就可以了, 猴子和野牛只要找到一片草地或树林,就可以尽情地玩耍散步,不用愁吃的。

我也知道,这些想法徒然搅乱心性,毫无用处,不过,它教会了我折中：生活中不光要有事业和爱情，还要有很多别的东西。比如要有家人和一大堆亲戚，吵吵闹闹的才好，闹得你腾不出脑子来厌世。

还要有一些闲人在身边，就是所谓的酒肉朋友。说起来不好听，"酒肉"二字概括的是人的本能，人再文明，本能没有了，能开心到哪里去？而且他们比工作上的朋友贴心，吃什么喝什么玩什么，他们都各有所长，且各尽其责，无须管理和奖惩。他们喜欢组织一些无聊的活动，比如爬一座爬过几百次的山，去乡下吃狗肉。狗肉城里就能吃到，也都是从乡下来的，快乐的是大家在一起，不在于吃什么。喝了酒之后他们很喜欢"义气"这个话题，讲得让你相信。

就算什么活动都没有，在街上走一走，说说闹闹，捉一个人出来当靶子开玩笑也是很好的。

如果打完牌去消夜，那简直就是完美的一天。

有几个喜欢唱歌的朋友也不错。歌厅开间房，最好找个河边的大排档喝酒干唱，唱老歌，越唱心事越多，心事越多唱得越过瘾……

还要有一些完全空虚的时间，可以摊在床上犯懒，在阳台上乘凉，在躺椅里小睡，在天台上出神，在屋门口磕瓜子看过往的行人……

这样一来，就会觉得时间过得慢，一点都不用担心变老。无聊了一个下午也才三点，去河边新开的酒楼吃饭，人到齐至少还要三个小时。就这三个小时都长得令人讨厌，老这个问题听起来像是下辈子的事，哪里用得着去考虑。

半年没有睡到自然醒；天天按日程表过日子；在飞机上还要办公；遇上堵车，就要加班到九点；紧赶慢赶，工作量没完成就到了月底。这样的人生是迅速而痛苦的。

因为不注意休息，所以害怕得病；因为害怕得病，所以更加要牺牲休息时间去挣钱。

因为熬夜加班需要喝酒发泄；因为喝酒发泄起晚了，又要加倍的熬夜加班。

为了出路去大城市；因为城市太大，一切都很昂贵，于是需要更大的出路……

人类文明的惯例就是拿最宝贵的东西，包括自由和健康，去换取一些可有可无的东西。当这些派不上用场的东西到了自己都搞不清数目的时候，你就被认为是一个成功的人：比如一个天天飞机酒店的人和好多别墅；一个老妇和几百双鞋及数不清的披肩；一个脾胃虚弱的人和整桌的山珍海味……

有人说我太消极了,问题是世界上积极的人太多了。人类的弱点不是消极,而是太积极,往往过了头,变小益为大害。消极的人有消极的好,就算闲下来,也不会加入黑社会或参军,更不会成为原子弹制造者和有掠夺癖的所谓成功人士。

快乐立国

　　最近父母老是和我提结婚的事。若说没想好要不要结婚,他们便说:"总还是要结婚的吧,大家都结婚。"上一代倒是简单, 只这一句话便可以把人生的问题都合理过去。我虽然早过了青春期, 听了还是忍不住生出叛逆的念头来:别人都做什么,我就一定要做什么吗?

　　对于正常的人生,我总是存有一点疑惑。比如说,大街上的疯子笑嘻嘻的,天不拘兮地不羁;正常人却总是愁眉苦脸。街上那些妇女,瞪着眼睛龇着牙,烦啊怨的无非是妯娌亲戚间一些人钱小事,仇深似海的样子。这时候我就会想,到底谁是疯子。

　　湖南有一个亲戚,喜欢搜集奇石,太多了,从堂屋堆到马路上。别人问他这玩意儿能不能发财时,他就会笑不嗤嗤地看着别人,说这只是个"味把把"(土话,乐趣的意思)。

倒是实话，这么多年他也没有发财，尽管他说有人愿意出几万几十万买他一块石头。别说发财，他老婆还要跑到邻县去打工支持家用。他照样每天挨家挨户去吹嘘他的奇石。你不懂，那正合适，他立刻从基本知识开始普及你，务必把你搞懂为止。你不想听，尽可以做自己的事情。你看书，他跟你到书房；你做饭，他跟你到厨房，只要你长着耳朵就行。他的兴致绝不会因为你的态度而减少。亲友们虽说有些鄙视他，却也都不嫌他，因为他总是乐呵呵的，声音响堂，说话喜欢押韵，偶尔还有那么一两句富有哲理，总之，全身上下充满说不出来的愉悦的味道。寻常人家关起门来总有团抑郁之气，只要他一出现就会冲得一干二净。他身体也很好，虽然天天喝酒，却从没听说他得病或者哪里不舒服。

可人人都同情她的老婆，认为她嫁了个糟糕的丈夫。我倒觉得，嫁给这样一个丈夫，幸不幸福且先不说，家庭氛围总归是好的，对孩子的成长也有好处。女人总是心甘情愿地跟定一个热衷于钱的丈夫，叫"务正业"，哪怕没挣到什么钱，哪怕还脾气坏，哪怕还有外遇。

亲戚们教育孩子，也都会说长大不要做一个像他那样的人。那要做一个什么样的人呢？通常会说，做一个有本事的人。说来容易,先要为学这点本事吃上若干年的苦;然后还要受压抑,因为出人头地需要机会需要背景,有多大本事受多大压抑;好容易机会来了,下半辈子你就是劳碌命了。

当然,人终归还是要学本事挣钱的,在普遍的观念里,这是衡量人生的唯一标准。听说有个叫不丹的国家,是以快乐立国的,不追求经济利益,只追求国民的快乐指数。想去那里旅游有可能被拒之门外,原因是怕踩坏他们天然的草地。可能更怕过多的有钱人出现造成"精神污染"。这种精神污染很可怕,小时候那么穷,为什么大家反倒比现在快乐?因为那时候没有富人,大家都差不多,都吃工资。

在不丹,百分之九十以上的公民表示自己很快乐,只此一条足以称得上是世界上最快乐的穷国。"国民快乐指数比经济指数重要",这句话在不丹的学校、公共场所随处可见。这里没有顶级豪宅,也看不到破烂不堪的房子,皇宫和民宅区别不大。我那位亲戚要生在这样的国家,应该是模范公民,在快乐方式开发上有特殊贡献的享受国务院津贴的专家。

中国的家长喜欢动不动就把钱挂在嘴边,又是要孩子挣钱、又是要孩子省钱，并没有快乐这一项，甚至连健康都忽略了。太在乎钱就很难成为一个快乐的人，这个道理是再简单不过的了。当然，这个世界是靠"经济"在运转，不是靠"快乐"。只有在不丹，你的理想如果是挣大钱，小孩都会用一种奇怪的眼神看着你。——这种民风只怕维持不了多久，已经有明星把超豪华的婚礼办到那里去了，不丹因此而声名大噪。

网上天天都有明星富豪如何挥霍的帖子。好像有钱人热衷的仅仅是奢侈的消费，所以今天没有真正的贵族。贾母向宾客炫耀完府里的"软烟罗"之后，下一句话就是"做些个夹坎肩儿给丫头们穿，白收着霉坏了。"这才是真正的贵族，他们最大的乐趣不是占有，而是施舍。

可先占有后施舍，还是太麻烦，况且"施舍"两个字多多少少包含着求回报的意思，不求物质上也求精神上的。若得不到回报，便为更多的不快乐埋下了种子。如果我们真的认为快乐重要，何不直接以快乐为业呢？

从大学与快乐说起

常听到这样一句话:大学的时候是最快乐的。那时候又要上课,又没有钱,这两件最讨厌的事都占全了,又能快乐到哪里去?诚然,人生的问题大都是经不起这样刨根问底的;若是不刨根问底,又觉得惶惶若失。哲学家自有他们的一套解释,话是堂皇严肃,普天下的人听起来又有几个能觉得关系到自己的疼痒?再说,听别人的,越听越糊涂的时候居多,还不如自己弄个明白。

我的解释兴许不适合其他人,至少是我个人的心得:上大学的时候之所以快乐,最重要的是没有具体的欲望。也会想今后的工作啊事业啊,因为是模糊的想,没有身临其境,所以是诗意的,类似旅途中听到客车喇叭放一首熟悉的老歌时所唤起的那种忧伤,更多的成分是温暖。曾经看过这样一幅画:一对贫寒的夫妻,双双拥被坐在火炉前,女的用铁钳子拨寻着灰里的火星子,天不早了,再添炭怕浪费,可能还在半说笑半怨尤的憧憬着今后的富贵。大约也是类似的心情。

有个这样的故事:一个富人,家里的人你争我夺,吵吵闹闹,让他很不舒服,倒是隔壁一家卖豆腐的夫妻,说说笑笑,融洽得不得了。他就问妻子,为什么隔壁那家吃了上顿没下顿还这么开心呢?他的妻子说,想要他们不开心太容易了。说完,他妻子拿出一大锭银子隔墙扔了过去……

后面的故事我忘记了,不过也很好想象:是买首饰还是买吃的?是花了还是存着还是用来做买卖?总之,那对夫妻开始为这些随之而来的问题谋划争吵,越来越不快乐起来。

契诃夫的戏剧《三姊妹》里的三个姐妹,生在一个小城市,却天天梦想着要去莫斯科。桦树林、长椅上,念念叨叨的,不停地说着。听到最后,观众分不清楚她们是真的想去,还是迷醉于这份心情。假设莫斯科某个公爵伯爵给她们寄来一份邀请函,她们眼下的这份快乐只怕就很难保全了。

恋爱也是这样,远远观望着的时候是最美好的;若是付之于行动,就变得爱恨交缠,痛苦起来了;若不可得,甚至会疯狂;得到了,到了二人袒身相对的时候,便觉得也不过如此;久了更索然无味。不管是什么欲望,满足的过程大抵就是这么个模式。

痛苦也是这个模式:最恐惧的事情,疾病也好,灾难也好,真到了自己头上,也就那么回事了,不见得就承受不了。

中国古代士大夫推崇的退居山林之乐,是这个模式的反方向:与其深陷名利场去痛苦,去担风险,不如远远地看着,引而不发、看而不拿来得愉悦。

活得通透,又真正眷恋生命,眷恋自然,眷恋花花草草人情琐碎的人才能明白这一层。明白了这一层,大声地说出来,或写在文章里,又显得自我标榜、心有不甘。甘与不甘之间,最是搔人痒处,如同金圣叹说的,存几个癞疮于私处,冬夜独自烧一盆热水烫着玩一样,是微妙而又爽极的自娱法。

古人的文章里有不少是描写这类心情的,如陶渊明的《归去来辞》:

归去来兮,
田园将芜,胡不归!

既自以心为形役，奚惆怅而独悲！

悟已往之不谏，知来者之可追。

实迷途其未远，觉今是而昨非……

　　我爸爸是个小生意人，生意做得很不好，他的性格和学问更适合当一个老师，可惜只有高中文凭。记得小时候，他经常在脏黑的灯光下读这篇文章。我们那边用电高峰的时候经常停电，每次看他吃力地凑近台灯或者蜡烛，极虔诚，比看账目认真多了。他小时候受过点私塾教育，读起来摇头击腿地特别享受，声音轻而清晰，带着些尾音和嗟叹声，仿佛每个字都要放在嘴里咂嗅一番才舍得吞进去或吐出来，遇到喜欢的句子要反复吞吐几个来回。读完"胡不归"，他会嗟叹半声，低回领会一会儿；读到后面的"园日涉以成趣，门虽设而常关""悦亲戚之情话，乐琴书以消忧"，他会重复个一两次。其实让他心领神会的东西都是他生活里没有的。别说亲戚，就是我妈妈三句话不好就要和他吵起来。像他这种读过些老书的生意人，行事最惹人和他争吵。他通常也不介意，吵着吵着会把眼睛慢慢转向别处，手指在膝盖上偷偷地敲击着，可能是又想起某个句子来了。这个举动若被妈妈发现，通常会引起更大的争吵。

废名先生说过："中国文章，以六朝人文章为最不可及。"六朝文章最重要的恐怕要数这篇《归去来辞》。它好就好在道出了古往今来失意文人的心声。文学的传承在某种程度上也是商业性为第一位的，个人的话若不能和大众的想法达成最大的默契，即便好，也注定要沉没到故纸堆里变成资料和档案。人的欲望又岂是那么容易说得清道得明的？所以好文章还是少数。

有了欲望，人的身体就变成了煲汤的砂锅，慢火攻于内，最是熬人老人。"今年要挣一百万！"别说去实施，就是把这个念头存心里头都是伤身体的。欲望盛的时候，将睡未睡时会不自觉地皱着眉头，全身紧绷绷的憋着劲，偶尔叹口气，松了一下，转个念头，马上又绷了起来；面相会越来越像不高兴，牙关不自觉地咬着，嘴会往前噘，忍受胃疼的表情，鼻子旁边那两撇也越来越明显；眉眼处总有一股挤着的劲，把眼窝挤成三角形往上走，眼神阴晦疲倦，像厌烦谁一样；心里更是杂念丛生，身边的朋友没有一个看得上的：贫的厌、富的妒、和自己一般的又要比个高低。这样一来，面相自然会越长越难看。

家里洗好了被单，用竹竿架在门前晒。竹竿倒了，被单把大人和小孩都盖在了下面。小孩出来是高兴的,坐在地上傻笑,像去了趟迪斯尼乐园;大人出来很生气,还骂人。小时候常常背着大人钻到晒着的被单里去,那里面的阳光粉茸茸的很有意思。

有一天出门,因为时间充裕,从一条陌生的路去城铁,走着走着就走到一条死胡同。路的尽头是修城铁的时候封的,末尾的几家人便在这块没人走的空地里围上砖,种上花。都是些平常得不能再平常的花:胭脂花、鸡冠子、两三株暗红的美人蕉。疏疏落落地种着,一律黯淡的颜色,远看像裁缝铺里扔出来的几堆碎布。沙土地上静静地躺着只狗,见了人来也不叫。几个竹编的团箔,晒着些豆荚玉米之类,一多半是空着的。此情此景太过恬静圆满,让我顿生一种异乡人的感觉,心里酸酸的,就像在陌生的车站等票,黄昏时候,寒风里面,还飘着些毛风碎雨,闻见车站旁边有人家在炒菜,辣酱被油煎着的香味⋯⋯

这种异乡人的感觉真的是久违了。现在交通太发达了,回家太容易,越来越没了做异乡人的苦楚和诗意,那是一种用快乐或忧伤都不能全部形容的体验。

人生就是这样,条件好了,什么都有了,快乐却没了,又能怎么样呢?

老丑

今天早上照镜子,可能是隔了一天没有洗头,头发似乎比以前稀疏了好多,有些沮丧,忙对自己说:"如果会脱发,迟早是要脱的,早来晚来又有多大区别呢?何况一辈子已经过了近一半,剩下的一半也快得很,头发长得再好又能如何?何必自寻烦恼?"心里这才慢慢平复了一些。

记得二十来岁的时候,可以接受穷、病,却绝对不能接受丑。现在好像没那么坚持了。以后又会怎么想?也许是可以接受丑、病,却不能接受穷;或者是可以接受丑、穷,却不能接受病,那就真的老了。

在街上看到一个中年女人买衣服,卖主说:"这个颜色好,看上去纯洁。"她大着嗓门,好让周围的人都听见:"我不要纯洁,你就给我拿那个不纯洁的。"说完觉得自己很幽默,旁若无人的大笑起来。看她的样子,两腮虽然堆着些松肉,脸型却是南方女人特有的花骨朵脸,五官紧紧簇簇,天生有一股轻眉逸眼的俏丽,实在不适合这样的做派。或者她是要刻意说服自己已经是个丑泼的中年妇女了,好早日脱离那些没必要的挣扎。其实情况还没到这一步,她还满可以再漂亮个三五年的。

当然,人各有志,不能去强求。一个十六七岁的女孩子,哪怕姿色平平,走在街上也自有一副矜娇的庄严,像小孩刚穿上一件新衣服,布娃娃一样支棱着两只手,不敢乱动乱摸,过几天就不在乎了,到处乱爬乱滚起来……

别的问题还好说,唯独在长相问题上,除非是绝对好看或者奇丑无比的人,否则一辈子也没法得出个确切的结论,永远似是而非。觉得自己不好看的时候当然很沮丧;觉得自己好看也不会太高兴,还是在不停地自问:“真的吗?”

想想也是很可笑的,还不如像那个买衣服的女人那样,提前把自己定了性,一了百了。

也有越老越漂亮的,这种上天格外的恩赐,师法造化、创造美,而不是物质的人比较容易得到。书画家里就比较多,比如张大千、齐白石,老来银须飘飘,超然慈和,远古圣贤的形象,村舍边的水和岩石一样可爱。至于科学家,他们的头像在学校的教室里经常可以看到，最经典的是爱因斯坦：一个伟人的头颅，加上一双藏着妖魔的眼睛，怒发冲涌，像一个吃多了有毒的丹药、垂死而亢盛的君王。

某些天赋异秉的演艺界人士偶尔也能得到几分老来的漂亮，比如张曼玉。她是那种越老越干瘦的南方女人。香港一本杂志发过她近些年的一组牛仔装的生活照，腰和臀毫无起伏，几乎是一条直线。她那一批香港女明星里多的是有味道的：李嘉欣最适合画成油画，挂在墙上，或者印在挂历上；梅艳芳阴风一缕，早夭之相；刘嘉玲是开过头的芍药，没艳够，晚上变成夜来香，再开上半宿，没有她，男人就热情不起来；王祖贤的摩登当年是有目共睹的，后来年岁渐大，跟不上潮流了，变成《倩女幽魂》里的妖女，依然是个妖界摩登妹。可她们都经不起老，不像张曼玉，越老越成了精：刮骨脸，狐狸眼，骨感的白手臂，烟视媚行的。

这样的魅力修来太难，女人模仿她，对着镜子练上一会儿，不到三分钟就原形毕露，太累。况且不实惠，因为男人纵然喜欢张曼玉，也就是等地铁的时候，拿支烟，靠着水泥柱，对着灯箱欣赏一会儿，便匆匆跳进车厢走了，不会想把她娶回家。

男人年轻时候长得粗陋的，到老了往往有一种高旷清峻的风仪。女人年轻时候一张宽叶大蔓的脸,很可能变成个极标致的老太太,比如张爱玲。倒是年轻时候漂亮的,到老了看起来百般的不合适。周璇若活到七十多岁,一定没有张爱玲耐看。甚至不用到老,那些童星,很少有过了青春期还顺眼的。

话又说回来,漂不漂亮是别人眼睛里的事情,于自己又有多少干系?还不如旁人漂亮于自己来得实惠。生在这个世界上,纵有绝代姿容,周遭净是荒凉老丑,未必能愉悦。不如自己丑一些,四周净是明男艳女、阳春烟景……

与自己和解

我与自己和解了，就在前不久，忽然意识到，自己对自己的逼迫，超过了敌人、对手、爱我的、恨我的、希望我成才的等等一切外力的总和。

三岁上幼儿园，就能背手挺胸坐四十五分钟，一动不动，为了老师的一句表扬。现在，看到小猫小狗挠沙发、咬凳腿、满地打滚，总有些伤感。

少年时代的记忆，一天八节课，再加早晚自习，没别的了。现在读了《黄帝内经》才明白，这是多么违拗自然的事情，叫一个长身体的孩子从早到晚地坐着。古时候的人，要到十六岁，身体长成了，家里人才问是不是该学样什么本事了？学徒制，易子而教，三年期满，便能自食其力，没现在这么复杂。

从小身体就瘦弱，同学去玩很少参加，更别说逃课。别人谈恋爱,便替他们害臊,觉得他们的人生不正常。现在才明白,我的人生才是不正常的。什么是初恋,十八岁以前恋爱才是初恋。过了十八岁,就很难有那种纯真的感觉了。说来惭愧,我初恋的时候,同龄人都有做爸爸的了。

上大学。中央级院校,进校第一天便去天安门留了个影。立志在毕业之前把图书馆的书看遍, 有些生僻的书,前一个借阅者留的日期是二三十年前的。为自己肯下这样的笨工夫感到自得,因为自己的天分也是上等的,已经能预感到日后的成功了。

我让自己失望了。别说成功,毕业后很长时间连工作都找不到。开始失眠,整夜整夜的谴责自己,挑剔自己的一言一行,总之,一切都是自己的错——学生时期培养的优良心态,然后思考古今中外的伟人为什么成功,课本上教给我的,我对社会没有经验。

现在才明白错不在我。一个很简单的道理:古时候的伟人,学《四书五经》,长大了用《四书五经》,时间并没有浪费。外国人学英语用英语。我这近二十年的寒窗,为英语劳了多少神,毕业了才发现,写份中文的文案还要查辞典。更别说什么分子方程式,打离开学校到现在,再没派上过什么用场。我的所谓教育, 只是配合教育部门演的一出戏。哪怕是一个最低等的岗位,也要从头学起的。

脑子终日得不到休息,做一件事情,会把所有可能出现的情况全想到,再设计种种应对办法和措辞。结果什么都没发生,或者发生了自己却一句话没说出来。

没工作没关系,从毕业的第一天开始就不再跟家里要钱了。同学见面,抢着埋单,他们一直以为我挣得比他们多。现代教育制度打造出来的就是活得累,只允许自己比别人强,况且,职场的游戏规则就是这样,越让人知道你饿,越吃不着。

那个时候是怎么熬过来的,已经记不太清楚了。总之,在经济上我一直很有安全感,不是因为有多少钱,而是知道在一分钱没有的时候该怎样活下去。

后来还是有了一些成绩,也年过三十了。开始偷偷对自己灰心,越来越不敢高估自己。于是,喜欢吹嘘自己的经历,强迫别人听,直到对方表示钦佩,便觉得他是懂我的,是知己。

开始干涉周围人的想法,用自己的标准去要求别人,世上只有"我"是正确的。喜欢教别人怎么活,对朋友只限于言语,对家人便会诉诸行动和争吵。我是不肯轻易放过自己的,自然不会放过别人。

我明白自己得了强迫症,身体自然也越来越差。书上说,成功人士都有强迫症,看来我还有成功的希望。不知道是强迫症会招致孤独,还是孤独会造成强迫症,总之,身边的朋友越来越少了。冷静下来的时候,能理解他们为什么从我身边消失。朋友在后面都说我很优秀,因为我的确是教育制度里比较成功的样板,只是他们不肯亲近我。

　　回想起来,我的强迫症好像由来已久。小学就喜欢照镜子。如果发现自己不好看,便会在不同环境不同光线里再照,照到自己觉得好看为止。

　　刚上中学就开始挑理发师, 在外地头发再长也要留着回来剪。换理发师如同失恋,要惶恐好久。现在已经改了这个毛病,上理发店碰上谁有空谁剪,还没有听到有人说我的发型不如原来好看。

　　从今天起,要立志与自己和解。早上醒来,我不会告诉自己今天该做什么,而是问自己想做什么,然后依着自己。

　　照镜子的时候,若看见新长出来的皱纹,会告诉自己,有品位的人都喜欢磨砂玻璃,来博自己一笑。连自己都不接受自己,还指望谁来接受你。

　　庆幸自己将要活到中年, 而世界上随时随地都有那么多危险。地球已经被调成了震动的模式,不是海啸就是地震,前面不知道还有多少灾难在等着我们,我希望能看得到自己老。

我不会逼着自己的小孩从小立志当什么科学家艺术家。如果有哪个小孩敢说自己的理想是自由自在地玩一辈子,我第一个站出来表示赞同。没什么不妥当,再正当不过了——岂止正当,简直高尚。当什么科学家,科学家已经太多了, 再过些年, 科学还是不是件正经事都很难说,人类发现了科学,却驾驭不了科技,科技了不到三百年,地球已经被毁得差不多了。

我不会再为自己成不了伟人而遗憾。世上的路是短的,天国的路很长。在上帝眼里,人世间的一切无非是一幕戏剧,扮演国王的不一定是主角,不一定能得到天父的青睐。

事便是业

    我这个在外闯荡了多年的人，经常被问到这样的问题：是听父母的安排在一个小地方做一份稳定的工作好呢，还是应该出去闯一番事业。

    不好回答，看什么人来问。二十世纪六七十年代的人，父母都吃工资，物质上缺乏，靠自己打拼出来，吃过钱上面的苦，多多少少有点金钱恐惧症。这是种难以自愈的心理疾病，有了钱也不能断根。再者，人生观的形成期看过太多港片，讲狠，尤其是对自己狠，打啊杀的要搏出位。和他们说事业不重要，听着会不习惯。八十年代的人，家境大多比较好，对待自己温和些，所以不妨探讨一下：

    阳光。空气。水。食物。健康。亲情。爱情。友情。

    和这八样必需品相比，事业应该次要一点。

    阳光空气，大自然的赐予，普天之下，人人都可以得到。流进穷人家和富人家的水，来自同一根自来水管，没什么两样。

剩下的几项：好的消化功能和天然的食物多数时候是农村人的专利；事业和健康常常不能成正比；过剩的金钱与亲情友情爱情也总是难以兼容。

此外还有什么？一个饭桌上，大家纷纷举起你埋单的酒来敬你，因为你是个成功者——说穿了，成不成功也就是这一杯酒的区别。

事业事业，有事就有业，无非业力使然。世俗所谓的"事业"顶多只能算是个"事"，不能算"事业"。现在这两个字被降得太低了。追名逐利就算事业，孔孟张仲景算什么？上帝似乎并不偏爱那些成功人士，他们很多没有后代，或者后代很糟糕，完全不能遗传他们的所谓"优点"。他们的基因被世人羡慕，却似乎不被上帝看好。

虽说主流价值观无非是一个圈，世人画的让世人去钻，凭一己之力谁又能与之相抗？我们给小孩子灌输，理想的人格应该为事业牺牲这个牺牲那个。怎么没有人告诉他们，这个逻辑应该倒过来讲，追求事业是为了能吃得更好睡得更香，更开心的生活呢？

应该提倡一种清风般自在的人生。假若人逼迫人是不可避免的,至少我们要学会不逼迫自己。人生在世有事做就好了,不必强迫自己非要有事业。有事业的人是吃不好睡不香的,这个道理很简单,不说多了,有那么几个人跟着你才有饭吃,你还能凡事由着自己吗?背着比头还高的背包游遍世界的老外,很多不是有钱人,他们出门只花很少的钱,天地间一切美好都是为他们预备的。

假如职业不是自己的爱好,有了基本的生活所需,余下的时间就应该去做点喜爱的事情,比如旅游、恋爱、阅读、钓鱼、养花,哪怕睡觉也行,老人能睡的都能长寿。如果你资质出众,把爱好做成了事业当然好;成不了更好,少了功利心,更会乐在其中。"得志"二字原本是自得其乐的意思,价值观就是这样变了的。

有个读书人烧了一辈子香,最后感动了天神。天神问他想求什么?读书人说求"一生衣食无亏,游山玩水。"天神说:"求财求寿容易,求这个太难,我自己还没求到呢。"

其实又有何难,有两条腿就能游山玩水,至于基本的吃穿所费又值几何。想当天神,当人上人,这种福报自然是求不到的。

如果我们不那么在乎贫富,不那么喜欢争夺,也就无所谓事业了。喜欢了就做,不喜欢,做点别的去。人有高低,白菜并没有两样。只要穿暖和了,衣服和衣服的区别并不大。就算有十套别墅、几十个马桶,一天也只拉一泡屎——太匆忙了,还未必能一天拉好一泡屎。悠闲一点、友好一点、少占有一点,于人于己于大自然都好,急赤白脸的何必呢。

起早其实也不难

这次回老家还有一个收获就是把中午起床的坏习惯给改掉了。

文艺圈的人大都是些夜行动物。偶尔醒早了,实在不知道该怎么办。想找人说说话,不敢打电话,怕对方关机,更怕手机开着,把人吵醒,"罪该万死"的抱歉完一大堆后,也就忘了自己要说什么了。肚子发空,东西却吃不下去,胃没有早上工作的习惯,你让它不痛快一时,它能让你不痛快一天,吃了半个苹果,酸酸的顶在心口上,吃什么都没胃口。连电视都没得看,湖南台这样标榜时尚的频道,早上也只有花鼓戏。

家里人苦口婆心,天天在电话里劝你,要早睡早起,对身体好。早睡好办,大不了喝几杯,吃半片药;早起怎么办呢? 他们是不知道早起的苦,也理解不了,所以和他们多说也没用。

　　头天晚上千叮咛万嘱咐，要家里人不要一大早叫醒我，没想到，天还没大亮，就被吵醒了。迷迷糊糊地觉得有个人在喊我，像是我妈妈，又像是小学的时候，天天到我家门外来喊我去玩的那个矮胖的同学，名字我忘记了，喊我的声气还能记起来。喊了又喊，我就醒了。听见远远的一个女人拉长声气喊道："要米吗——"声音粗宽慵懒，语气是叹息般的，一点都不积极，像病人在说话，可声音极大极打远，是个唱老旦的好材料。一两分钟才喊一声，性急的人听了会被急死；神经敏感的人会觉得不是真的有人在说话，而是自己的幻想。我很想看看她一个女人是怎样卖米，是用车推着，还是担子挑着；还是一对夫妇，男的出力，女的出声。可我太困，实在爬不起来。我倒宁愿相信是一对夫妻。一个女人，老皮老脸的，天还没亮，手上推着，嘴里喊着，脖子上挂着钱袋，走街串巷地讨生活，这个情景实在凄惨了些，让人想起《阿信》《汪洋里的一条船》那些老日剧台剧。她大概叫了那么五六声，就过去了，渐渐地听不见了。我胡乱想了一阵又睡了过去。

　　刚睡着，又被一个男人的声音吵醒了。他斩钉截铁，底气十足地一字一顿地念道："甜酒！生甜酒！粑粑！沉水粑粑！"和人大声争辩的口气。好半天,这个声音还在我家附近转。我实在想看看,这样一个粗鲁的男人,卖这种甜蜜的小点心是个什么调调？小孩敢不敢过去买？我爬起来,走到阳台上往下看,见一个丰满的略具姿色的女人推着一辆小车,大概是前面的车挡住了视线,看不见脚下的路,深一脚浅一脚地走着,肥唧唧的屁股震颤得很厉害,有一种廉价熟食的风情。车上放着一个瓦瓮,一个铝桶,用黄白纱布盖着。车头上有一个小喇叭,男人的声音是喇叭里发出来的。不知道是她的丈夫还是妍头给她录的。一个这样的女人,身边终日回响着一个莽汉的声音,还四处让人看见,总觉得不太正经,污艳污艳的。

卖米卖甜酒的过去后,就是卖发糕、卖稀饭、卖包子豆浆的……

小城市的人起得早,把一天的菜买齐就做早饭——是真的饭,有菜有汤,有荤有素。买菜通常就在门口,上学上班的地方,最多十五分钟就可以到。做好了饭,慢慢吃完,慢慢走去上班,不用急。中午一碗粉面就对付了。不像大城市的人,早餐恨不得边走边吃,只好中午吃得讲究些。因为买的人少,卖早点的用肉嗓子声嘶力竭加料加量地喊得格外起劲。可能有两个作用:一是把睡在床上的人喊醒,没睡够就醒来是很难受的,自然想睡回笼觉,势必就不能再做饭了,只好买现成的;二是家庭主妇最经不起劝,一声高似一声的这样怂恿,心就懒了,她们会用开玩笑的口气在床上露半句:"早上的菜实在难买,天天豆腐豆芽菜,吃包子算了。"要是丈夫翻了个身,没什么态度,她就一翻爬起来,推开窗隔着雾气尖声把卖早点的叫住。有时候,大人不开口,小孩也会嚷嚷,然后在大人的辱骂声中,吃到他们想吃的。因为卖早点的喊得太煽动,有很多"又香又甜","好吃得吓人","越吃越想","广东秘方"之类的广告语。近些年,失业的人越来越多,连卖包子都非要有些过人的才华和气力不可,否则不易混口饭吃。

这些做买卖的,好像比我小时候要多,要起得早。这样一来,睡早觉成了大问题,他们的阵容和音量足够把全城人都吵得睡不着觉。不过,也没办法去骂他们,只要一句小学生骂架的话"我又不在你家里喊。"你就没有话说。吃街边饭的,从来就只有一条真理:大路通天,各走半边。路他有份,嗓子是他的,为什么不喊?也是没有办法,水里能吃的鱼吃了,泥鳅嘴巴小,只能往沙子里钻。一代一代的人,出门进门上床下床,营营扰扰地翻搅个几十年,也就过去了,既然有人不怕麻烦把我们生下来,不管多么没办法,总还是要活下去的。

　　卖早点的过去后,稍稍安静了一些。我想再睡会儿,一辆唱着儿歌的车子开了过来。大喇叭里唱的是《拔萝卜》:"拔萝卜,拔萝卜,拔呀拔呀拔不动……"不停地拔呀拔,像有好儿只手在不停地拉我推我,刚有的一点睡意又没有了。这是幼儿园接小孩的车,用歌声叫小孩出门。开车的司机可能是个富有创造力的人,也很有掌握别人心理的天分。在后来接连的几天里,他的磁带换了好几次,先是换成昂扬的课间操音乐;后来是少先队的队歌;中间有一天他还尝试放了一天国歌。可能是那些小孩太磨蹭,老让他等,他急不得,恼不得,又没办法抱怨,带着孩子的女人都是最厉害的,拈不得她半根纱,只好旁敲侧击地用些办法。大清早听到这些东西,瞌睡再重的只怕都没办法睡了。

　　接小孩的车过去后,到了上班的时间,路上的车越来越多,着实热闹了一阵,才渐渐平静下来。

　　门口屋檐下又有人在说话。我以为是过路的,没去理会。没想到一直在说,东拉西扯,还有各种脏话夹杂其间。听了一会儿,听出了些门径,是有人在我家门口摆了个猪肉摊子,旁边有些闲人七嘴八舌在发议论。我向来喜欢这些村歌野调，既然不让我睡，还不如下去听他们说什么。我下楼开门，搬了条凳子坐在门口。

肉只有小半扇了，一个猪头还放在案板上，笑眯眯地看着我。有个老人站在肉摊子旁边，他戴了顶草帽；穿了双老式的、工农兵时代的凉鞋，脚上是近些年才流行起来的男式丝袜；拄了根棍，路边顺手捡的那种，像是刚从乡下回来；白纺绸裤子，一只裤脚垂过脚面，另一只高高地挽着，细瘦白皙的小腿上净是老年斑。都说一白遮百丑，看来这句话也只适合年轻人，人老了皮肤还白，痣、斑全麻麻粒粒一清二楚地摆在那，爱干净的人看见，只怕会不由自主地把餐巾纸拿出来。

老人一看就是南方常见的又瘦又硬又多嘴又好辩理的那种，站在屋檐下躲阴，眼睛虚虚地看着街面，正在和卖肉的辩论。两人的对话，我听到的部分如下：

老人："你讲猪老实，死的时候它为什么叫得那样大声，尖起喉咙叫，几里路都听得到。老虫(老虎)要死了都只找个好地方蹲着，没声没气的。"

卖肉的："你老人家见过老虫？"

老人："我没见过你见过？你莫管我见没见过？你要是能告诉我猪死的时候为什么叫那么大声我就服你！"

059

卖肉的："你要杀它,它当然叫。"

老人："羊也要杀,羊会不会大喊大叫?牛也要杀,牛会不会大喊大叫?"

卖肉的："它们不想叫难道逼着它叫?"

老人一脸引而不发的笑容。

卖肉的："那你老人家告诉我它为什么叫?"

老人："告诉你有什么好处?"

卖肉的："我请你老人家吃猪圆心(心脏)。"

老人："猪圆心蒸起吃好还是煮倒吃好?"

卖肉的："蒸起吃好吃些。"

老人："你也就知道吃猪圆心。"

卖肉的："我要是不吃猪圆心,不就傻完了吗?你老人家猪圆心吃得多,天上的事你知道一半,地上的事你全知道。"

老人："后生伢子,这句话还讲得好。"

卖肉的："话讲得好,你老人家快讲猪为什么叫,我也好长点见识。"

旁边的人都看着老人,等着答案。老人虚了虚眼睛,忽然走了。旁边的人打着闲哈哈,看着那个卖肉的笑。

卖肉的四十来岁,应该杀了不少年猪了,大概从来没在关于猪的问题上被难住过,今天是头一次,到了也没得到答案,他悻悻地拿起一束棕打了打猪头上的苍蝇。

有个人问卖肉的:"这个老老哪里来的?"

卖肉的没好气:"哪个认得他,过路的。"

我回到房里,躺在床上,睡不着,心里还想着街头那油腻腻闹嚷嚷的空气,心里很受用。我想,这种空气虽说没什么大作用, 至少可以医好文明社会造成的一些怪里怪气的疾病,比一切疗养院都有用。

只有失眠的人能懂

除非把我扔回湘西南老家，只要在北京，失眠是没有办法彻底治愈的。

通常，刚上床的时候不知道自己会失眠。喝点水，看看书，听听音乐，也就有要睡的感觉了。去趟卫生间，躺下来，把台灯关掉，在被子里动一动，找到一个最舒服的姿势。一切似乎风平浪静。

"浇花的时候会不会浇多了，水会不会从花盆下的盘里溢出来？……好像浇得也不是很多……北方水碱重，在地板上干了又是一道水渍，擦也擦不掉。要不要起来看看？算了算了，起来一折腾又没有睡意了……还是起来看看吧，要不一直想着这个事更睡不着……"——忽然，一个清醒的自我从这团乱麻里跳出来。几间房之外，芥豆之微，那盆花好生生怎么会跑到我脑子里来的？——这就是失眠的前兆。

我想好了,就算地板被水淹了,我也不起来。道理既明,又可以安然入睡了。

吃剩的沙拉有没有收到冰箱里去?今天没和吴菲打招呼就先走了,她会不会生气?明天上午老板要是问我这个月怎么才做了这么点业绩,我怎么说?……问题一个比一个大,一个比一个深,他们有自己的组织,自己的首领,驱赶着它们,排着队挤进我的脑子里来,完全不受主观控制。

眉头越锁越紧,把眼皮上方挤得生疼,开始用两边脸轮流揉枕头,仿佛想把脑子里这些乱七八糟的东西挤揉出去。没有效果。这些动作反倒刺激了它们,开始还是很讲规则地一个一个冒出来,渐渐变得交错混乱,乱窜乱射,连十年八年前的事情,朋友的朋友的朋友事情都在脑子里乱闪。

越来越睡不着,想索性起来走一走,看看电视重新再睡。又一想,重新睡的结果很可能是刚才的情形又重来一遍。——我马上打消了这个念头,决定在黑暗中默默忍耐。

有些微微发热,一只脚踢开被子,冷,又把脚缩进来。

把脖子上的被子松了松,胸前凉了一片,后背却像躺在晒热的水泥地上,炮烙之刑应该是这种感觉的放大,我明白了,不是气温的原因。全身凉凉地出了汗。汗一出来,身上虚虚的,脑子却更清醒了。

难怪把高兴的时候说成是快活,"欢愉嫌夜短",当然是快的。只有在这样失眠的夜晚才能深切体会到"永生"的意味。此时我如果不执意和失眠抗争,爬起来就能写出半本哲学著作来。

脑子里越来越杂,越来越乱,越来越混沌,最后绞结成一团隐隐的巨响。有千军万马在雾夜里衔枚疾走;有亿万个人同时在你耳边说话;有一列火车开进你的脑袋里,甚至能听到铁轮摩擦的声音;细听,又什么声音都没有,只剩下一个空脑壳空荡荡地疼着。这到底是幻觉,还是人在精神崩溃的边缘感知到了自然界的超声波,不知道。"大音希声"大概就是这个感觉。戏剧舞台上疯狂的人和死去的人对话,和冥冥中的神秘力量对话,大概也是这么回事。这个世界上的哲学、迷信、科学、野心、毒计、狂想曲、游仙诗、政治阴谋,诸如此类应该就是在这种背景声下面产生的!

此时,窗帘已经泛白,人也奄奄一息,挣扎着睡了过去。准确地讲是经历了彻夜肉体和精神的双重折磨后昏死过去。醒来后的浑身酸痛会告诉你昨天晚上确实受过这样的酷刑。

治失眠，没有什么特效药，最好的药物就是少用脑。要想少用脑就要少涉足名利场、官场，少在大城市生活。最好找一个小城市，做一份简单偏体力的工作——这种治疗方法一般不会被人采纳。

安眠药和中药汤剂都有效，都只能取得短时间的效果。

单位要做人事调整；有朋友半夜跑来哭诉失恋或失业；美容院的小姐开始建议你用升级的护理品……只要随便发生一件半件这样的事，多管用的药都会白吃。

俗话说，久病成医，我试验出了一些行之有效的精神疗法，可以随用随丢，不用跑医院，不花钱，有兴趣的不妨试试。

首先是晚九点后就不要想复杂的问题了，也不要接任何工作上的电话，让自己脑电波的频率慢下来。这是有科学依据的，脑电波慢了才能进入休息状态。可以看看旅游、音乐、科教类的节目。不要看电视剧和娱乐栏目，高兴忧伤之类的情绪反应都不利于睡眠，万一剧情过于悬念，胃口被吊起来那就更糟糕。最好是出去散散步,不要去车多人多灯多的地方;也不要去固定的公园,免得一进去就条件反射地想同样的问题。不妨往一些僻静的,车开不进去的小巷道走走,看一些平时看不到的人和事——

一只狗在煤堆里拱嗅,忽然被人踢了一脚似的蹿开,躲在对面墙根察看动静,周围连只猫都没有,它自己吓了自己一跳。

小门脸冒着烟,戴花边帽子的新疆人在烤羊肉串,脸上挂着个黑皱的笑容,看着手里吱吱响的肉。旁边坐着他的妻子,也是一张早衰的脸,怀里抱着一个婴儿。婴儿的脸黑红黑红,带着煤灰色,手在妈妈胸前抓着,像是要吃奶,肥箍箍的腕子露在外面,只有那里是白的。一家人烟熏火燎地讨个温饱。

老太太站在树下,笑眯眯的,倾听的样子看着对面,对面只有一堵破墙。

一个白白的男孩穿着校服坐在杂院门口。院子里肥皂水和蚊子药的味道直扑到街上来。他妈妈在看不见的地方扯长声气骂他。他端着个空碗,另一只手用筷子在地上画,兴许是某个女同学的名字……

你就这样松松散散地走一走,看看城市最底部的渣渣屑屑,消耗一些多余的体力,舒缓一下过度疲劳的神经,然后回家,舒舒服服泡个热水澡,上床睡觉。

躺在床上,不要刻意地想或不想什么,放松就好了。等待睡意来临是一段诗意的时间,建议你想一些遥远而美好的事情:和初恋情人常走的那座小桥;在大学宿舍住的头几个晚上;中学教学楼后面那一片竹林;独自开车出去兜风的雨夜;在异乡和同乡人喝醉;刚刚挣钱的时候把父母从老家接来旅游……

没有比在渐行渐远的诗意中沉沉睡去更好的了。

如果那些伤脑筋的杂事还钻到你脑子来,不要害怕,还有百试百验,最有效果的一招——

只需轻轻在心里和自己说一句话:"上帝本来只打算给我每年两万块,现在已经给了我二十万了。"这是个格式,具体的数额根据自己的实际情况来填。认真地和自己说,说到自己相信、感动、全心全意感谢上帝。这个时候,你的精神会慢慢放松下来,眉头不自觉地就舒展开了。

接着轻轻告诉自己:今年我已经够累了,真的需要好好休息……你的身体开始松懈,仿佛离床垫越来越近,渐渐的骨头的连接处都好像松开了,像块软糍粑一样摊在了床垫上。你会发现你以前不叫睡在床上,最多只能算僵在床上。孔子说"寝不尸"，就是不许你像尸首般僵在床上——孔子远比后来那些忧国忧民的追随者会享受。

还要想：我的健康状况已经不允许我做更多的工作了，我真的很可怜……关键词是"可怜"。这种小可怜的心态是最适合入睡的，满怀豪情就不行。在自怜自伤的情绪作用下，你的身子会慢慢地蜷起来，并朝着侧面。这是人类最舒服，最自然，最贴近自己灵魂的姿势。林语堂说过，"我也觉得蜷腿睡在床上是人生最大的乐事之一。"这个时候，你会觉得身子沉沉的，灵魂却轻轻飘了起来，飘到了半空中，看着楚楚可怜的自己。

京剧《探阴山》里，包拯的魂魄离开自己的身体去阴间查案的时候，看到睡在床上的自己，就曾怜恤自己的辛劳。铁面如包公者，也有自怜自伤的时候，你我辈就更无须这样强撑着了。

不过，这个时候你已经想不到包拯了，因为你已经睡着了……

不要向人求快乐

经常听到这样的感叹,说小时候比较快乐。有同感,却又不明白为什么。有次在路上看见一个没人管的小孩,手插在口袋里,两脚故意一崴一扭地走,腆着肚子看着天,傻笑着,笑得口水都出来了。我站在那里看了好久,忽然明白过来:小时候的快乐,是一个人就可以的;长大了就要两个人;老了则要一群人围着才能快乐了。人是世界上最麻烦的东西,在人身上求快乐,永远得到的痛苦比快乐多,这恐怕就是越大越不快乐的道理。

在中国,一个文人能不能受到古往今来最广泛的欢迎,思想性文学性都可以商量,最紧要的是看能不能提供一种快乐的生活方式,超乎常人且可供模拟。这也是中国文化的贴心之处,务实之处。陶渊明、苏东坡就是这样的文人。有意思的是,他们所倡导的都是独自快乐的生活方式。

有一幅古画,画的是陶渊明醉归。他走着走着不走了,闭眼定在一棵树下,很陶醉的样子,身子微微有些摇晃,似乎在享受野外的微风和青草泥土的气味。可以体会,他的脚虽然踩在地下,身心必定是像气球一样,处于似放空似充盈的飘忽状态。旁边有一个童子在扶着他,长得疤头癞脑,看面相是个弱智——聪明机灵的人在旁边,这种氛围必定会被破坏。世上几人能知道这样的快乐?都市里的人喝多了也就是掀开汽车的天窗,加快油门儿,像歌里唱的那样"穿过都市的霓虹",呕吐一顿完事。

陶渊明去别人家喝酒,坐下来就喝,喝醉了就走,并不以来去为意。别人到他家里来喝酒也是这样,只要他喝好了,就请客人走,很不近人情。李白后来在诗里把这件事情解释成"我醉欲眠君且去,明朝有意抱琴来。"是曲解,矫情得很。陶渊明这样对别人,别人自然可以这样对他,便都能自得其乐。何必虚客气,互相面子上维护着,其实都很累,损己不利人。

他的《桃花源记》,很多人喜欢的不是与世隔绝,而是渔夫独自驾船出行的情调。赖声川在话剧《暗恋桃花源》里来来回回重复那一句"缘溪行,忘路之远近……"坐在剧场里听了又听,越听越有意思。

　　小时候每到春天,逢天气好,父母就会觉得有郊游一下的必要。一方提出来, 另一方必定会说:"有什么好去的。"这话原也没错。一家人兴冲冲地跑到郊外,一眼看去,无非是明晃晃的太阳,常见的山野风光,燥热得很。满身臭汗回到家,灶是冷的,热水瓶是空的,父母再为路上吃面坐车之类的小事吵上一架,实在不能说是美好的一天。其实,春天的郊外尽有醉人的风景,就是因为人多才弄成这样。

　　喜欢结伴出游的苏东坡, 更多的时候也沉浸在自我的感受和冥想里。在《后赤壁赋》里能明显地感觉到,那些游伴已经被苏东坡忽略了, 留给人的印象是他独自登上山的高处,长啸了几声;独自登舟"放乎中流";又独自做了个梦,梦见一个道士,他认出这道士是当晚掠过船头的那只鹤。

　　上大学的时候,一个朋友陪我散步去邮局寄信,途中经过帽儿胡同的菜市场,正是冬天,下午四五点钟,空气清冷,阳光昏黄,她被烧饼的焦香吸引住了,要买来吃。我要她回来再买,去晚了怕邮局关门。回来的时候,路过烧饼摊,她已经不想吃了。快乐永远是随机的,一时兴起的,过去了就过去了。年轻的时候总有那么一段时光，一帮人天天混在一起，不分白天黑夜的疯、高兴。还以为人生可以天天如此。一旦散了，就再也找不回来，就算还是当初那帮人，也找不回当初的快乐。所以事隔这么多年，多少人欠欠人的事都忘了，烧饼这件事总还会想起来，因为信是哪天去寄都可以的。

打麻将应该也算得上是一种独自的快乐。不管认不认识，坐下来打就是了，眉头一皱，脸一苦，盯着桌上的牌，对方只是个虚拟的对象，像股票一样，能吞进去钱，也能吐出来钱。现实的人生中则有着太多的顾忌和迁就，不能那么全然和自我。世人求财求色，真就那么在乎吗？也未必。比方说，多数人潜意识里就把自尊心看得更重要。为了自尊心动不动就吵，吵分了手至死不往来的人不在少数。财色说到底是借口，真正迷恋的无非是一种心情。哪个好色的人不恨自己多情，哪个打牌炒股的人不检讨自己不务正业，很多人还是情愿把一生都搭进去。

最近回湖南老家，比我小七八岁的也已经结婚生子了，没什么人可以玩，就养成了一个人去野外散步的习惯。农历年的最后一个月，南方遇上了五十年来最严重的冰冻雪灾，一直持续到立春后。据说是因为环境破坏，海洋的什么循环受到影响造成的。刚刚解冻,我就去了翠云峰。

　　翠云峰下桃花最漂亮。在阴沉沉的冬天,细瘦的枯枝镶嵌在冥青色的天上, 像瓷器上的裂纹。升温刚两三天,树枝就有了些变化,温软了许多,远看变成了虚线。凑近一看,原来已经缀满了比米粒还小的花苞,颜色像树皮一样黢灰, 只在尖上包裹着些粉色。谁见过这么幼小的桃花?地球元气已伤,动不动就寒热不调,还有更大的灾难在后头,说不定下半辈子就看不到桃花了。我现在却可以每天都来, 看桃花从萌发到开放的全过程。一念至此,心里狂喜,这真是只有独自一人才能找得到的快乐,也只有自己才能体会,想和别人分享都很难。

性本贱

　　人坏事就坏在有过于复杂的神经系统。一切作用于神经系统的问题都是最难对付的，其他部位的问题相比而言则要好办得多。

　　比如感知疼痛的这条神经。先不说清代十大酷刑，就说日常的：轻了痒，重了又疼，只有不轻不重的时候舒服。按摩，桑拿，抚摸都是这个道理。尤其是抚摸，婴儿哭闹，揉一揉他胸前的肉肉，很快就会安静下来。最早的性觉醒都是从自己或他人的抚摸中获得的。两性间的抚摸就不要说了，有相当比例的女性认为抚摸比做爱重要。老了，中了风，躺在病床上，等着全部死掉，医生还会建议家属，多抚摸对病人有好处。

　　除了轻、重、不轻不重的刺激，还有另外一种可能，就是忽轻忽重。在下意识的前提下，会产生受虐症。其实，受虐倾向人人都有一点,小时候玩蜡烛,玩久了,就有把蜡油滴在皮肤上的冲动,轻微的刺痛后,蜡油凝固,痒痒的揭下来,很过瘾。

味觉这条神经最难伺候。大城市里汇集着全中国,乃至世界各地的菜。白领们天天为下班吃什么发愁。香辣蟹、馋嘴蛙、棒棒鸡、贵州酸汤火锅、港式牛丸、日本回转寿司、巴西烤肉,诸如此类,最多风行几个月,一定过气。偶尔回家自己做顿饭,难以下咽。

记得小时候,街上第一次有菠萝卖,一家人集体出动去看热闹,过节一样。捧回一个,研究半天。削皮、掏眼、大人尝过没什么异样,放了一片在我嘴里。第一口菠萝的滋味,说是飘飘欲仙也不为过,一股带着热带空气的异香直冲脑门儿,在嘴里一直存留到第二天早上。现在进超市,一大堆菠萝堆在那,写着贱卖,不会再多看一眼。

多数人羡慕皇帝,恐怕不是为别的,只为一晚上有无数个女人等着使用。有过这种"菠萝经验"就不会羡慕了。那些女人在皇帝看来和超市那堆菠萝应该没什么区别。性这件事情麻烦就麻烦在不是太饿,就是太饱,刚刚好的程度是不存在的。

听觉也是。二十四小时听楼下汽车轮胎铲着地皮的声音会发疯；听小孩哭闹心；听老婆啰唆太乌涂；听鸟语太静；听自然界的风雨波涛声又太凄凉。如此一来，百感伤于内，人也就死得快了。

还有一条最麻烦的神经，就是管兴奋那条神经。没有它就没有香烟、茶叶、咖啡、酒和毒品。毒品没试过，不敢乱说。前四样东西是试过的，茶叶比较适合我，对健康也有利。一度我排泄不好，怎么治也没有效。后来有人说，是茶喝得太浓了，不利于大肠蠕动。我戒茶一段时间，果然有起色。顺便介绍个小知识：茶叶和蛋白质结合产生一种什么东西才会影响肠道，所以饭后尽量不要喝茶。《易经》里就说过，凡事有一个好，就有三个坏。茶叶这种东西却只有两个坏：影响睡觉和排泄——是不是有别的，还不清楚。

舒服的感觉太多了也不是好事，容易精神空虚。为什么穷人往往有张明朗的笑脸，很少得抑郁症就是这个道理。如果有钱就能快乐的话，就没有世界观的问题了，也不会有哲学，我更不会在这里爬格子。

反正，人就是这么个东西，轻了不行，重了不行；坏了不行，好了不行；有了不行，没有更不行。"性本善"，"性本恶"争来争去的，都不如"性本贱"来得贴切。

《圣经》里说,上帝用泥土造人。听起来像是胡说,事实上,这句话科学家也反对不了,因为人身上的所有元素泥土里都有,人生存依靠泥土,死了化为泥土。本来就是一块没有知觉的泥土,上帝非要给我们造一大堆神经,还封我们为地球的管理者。结果我们自己都应付不来,哪里还能管得了别的。——这倒是个好借口,以后见了上帝,我们把地球弄得一团糟这件事就可以搪塞了。

爱己如人

去电器城买空调。售货小姐说:"明天来买降五十块。"明天来,受一趟辛苦不说,在家工作一个下午,何止这五十块。道理好明白,第二天还是跑了一趟。

我家住二十层。装空调的小伙子从窗口一纵而出,跳到一个两尺见方,凌空的小台上。事后,又扒着窗栏爬了进来,看着我一头汗,面有得色。保险装置就摆在他的脚下。要是他父母看见,准保会晕过去。

每天洗碗前,见老父将一大碗高脂肪、高胆固醇、高硝酸盐的剩饭剩菜倒进肚里,知道年老人固执,便苦口婆心地叫他做一道算术题:这样的剩菜,一天一碗,一年三百六十五天,总共值多少钱? 如果吃出心血管或者肝部的毛病,进一次医院,要花多少钱? 老父连连点头称是;老母更煞有其事地拿出一支笔来,边算边骂,正宗的口诛笔伐,很让我为现代家庭里儿子的绝对权威感到骄傲。过了几天,发现老父照吃不误,只不过做案地点由沙发改到了厨房。

医院。见一老者擎着个手指,面带愠色,由女儿陪同前来就诊。医生出来问,老者不语,女儿一一代答,原来是被老鼠咬了手指。开好了疫苗,医生耐心讲解,几天后还要再来打第二针。话未落音,老者愤然起立,扔下一句话,冲了出去——"你看,你看,我说不来的!"只可怜那个女儿,嘴还和医生道着歉,两条腿已经追出去了。

有几个IT业的朋友吹嘘熬夜工作的经历,最多的三天三夜不睡。我问,老板有这么着急吗?他们说也没有,就是想快点做完。我又问,一个瓶子打破了,哪怕再粘起来,还能复原吗?他们说当然不能。我说人生病也是这个道理。不知道他们是不是一时没能领会过来,嘿嘿一笑,绕开话题,群起而举杯……

公园。一家人于草地上午餐。一片水果掉在了地上,丈夫捡了起来。妻子提醒,"脏,有细菌!"丈夫不假思索,一口吞下,还发豪言壮语:"细菌有什么好怕的,是我吃了它,又不是它吃了我!"儿子塞着一嘴蛋糕,眯着眼看着爸爸笑。见此情景,始信世间真有豪侠之士。

有这么一则广告:"胃疼吗？工作累的吧？光荣啊！"生病也光荣？我们中国人的思维逻辑真不好理解。在国外，一到下班的时间,哪怕一枚螺丝已经对准了螺丝眼,放下工具就走了。

听说有高三学生看书看到视网膜脱落,有学生因过于用功,造成抑郁,跳楼自杀。

…………

现在的中小学课本是不是好些？以前的课本满篇都是自残:"吃下去的是草,挤出来的是奶";某某伟人带病坚持工作。诸如此类,举不胜举。

带病坚持工作是光荣的,甚至是天经地义的,我从小就深信不疑。上学也好,上班也好,一个人为小病请病假,不管病得如何理直气壮,得到的鄙夷比同情多。

一个国家的国民连自己都不知道爱惜，这个国家的未来大概美好不到哪里去。说到底，对自己就那么回事了,何况对别人。

人间至乐

近来天天往郊外跑,仲春的郊外一天一个样,光是看树长新叶子,每天都有惊喜。

细长的树,大多从树尖开始出叶子,比如椿树。宽阔的树,叶子是从下面蔓延上来的,千点万点的绿,挤挤挨挨地往上涌,一寸寸淹没了枯干的树枝,像电影里的时光倒流。

还有些不知名的小树,看不真,只觉得叶子淡淡的往外渗,绿蒙蒙怯生生的,想人看又怕人看的样子。尤其是晴暖的天气,上午还是密星星的芽苞,傍晚就绽出了嫩叶,第二天就满树的绿了,一切生长得太快,窸窸窣窣仿佛能听见声音。春天的风里带着些甜腥味,像新生婴儿的味道。

像泡桐这种大叶子的树先来一树花,圆筒状,脏脏的白着,扑落落往下掉,丢三落四、粗眉阔眼的风神。

有一种据说是用来做枪炮的火柴树,名虽不雅,形却极美。枝条弯弓状,下弦月,像汉代宫灯的铜臂,又像三星堆出土的青铜神树。枝顶上开出莲花状的叶子,风一来,叶子有弹性地震颤着,阳光下艳晶晶的,简直是"步步生金莲。"

我偏爱橘柚树的叶子,油厚、黑而润、上面腻着层蜡,夏天日头再毒,树下也如同黄昏。只是没想到新叶也很柔嫩,浅浅的绿,还带着些细毛毛。

榆槐的叶子极小极淡,均匀地长一树,酥嫩得不能再酥嫩,清新得不能再清新,衬着瓦蓝的天,密织织一树淡绿的烟。看着只觉得神摇,到底如何好,又说不上来。

春天的风也很有意思,吹过来先凉后暖。先是让人清醒,继而又温温地裹住了脸,到处烟腾腾的,深花浅芽便浑然一色了。暖风微醺的时候,乡村的一切都是昏昏欲睡的。狗在路边打盹,摩托车来来去去也惊不醒它。鹅漂在水面纹丝不动,像玩具。牛站在田边睡着了,偶尔喷两下鼻息,连尾巴都不用甩,还没有蚊子。和它们想比,人类简直是最累的动物。光直立行走这个姿势就够受的了,时时刻刻要保持平衡和稳定,每块肌肉都得不到休息。再看看鹅,从站立到把自己完全放到地上,只需移动几厘米。脖子是有点长,可总是软软的在一个弧度上自己保持住,不费任何力气。至于在水里,那就更轻松了,它的结构完全是为水设计的,静止就能漂起来,有点风就能像帆船一样自由浮动。它们走路有点累,一跛一跛的,可是,如果不是人类驱赶它,根本不需要走路,因为无所谓非要到哪里去。

牛更不用说,永远懒洋洋的,食物容易得到,草就可以;没有天敌,虎豹已经绝迹;完全可以自得其乐,与世无争。若不是人类逼着它们犁田,简直是最可羡慕的动物。

人类自己的祸患是过度发达的大脑。科学家说,人活不到正常的寿限一百二十到一百五十岁,是因为大脑消耗了太多能量。思虑多是早衰和患病的根源。释迦牟尼说,一昼夜人的意识有十三亿次转动。每次转动都会牵动我们的神经和身体。卧床休息的病人,因为容易胡思乱想,一天下来更虚乏,腰酸腿痛的。

还有就是懂得太多,便总不放心。光是知道了"死",人类就注定一辈子要活在恐惧之中,还要去为太阳系、银河系,乃至宇宙的前途命运操心,所以狗可以躺在车轮底下睡觉,人类换个枕头就有可能失眠。

有一个开店的朋友,骑摩托车带我去山里玩。坐在小潭边,他一直在说生意上的事。我想安安静静地感受一下周围的景色,又不好意思打断他。走的时候,他才环水四顾,说了句:"风景真好,比城里舒服多了。"除了这几秒钟,他的脑子没有腾出来过。其实,谁又能把这些俗事和烦恼忘掉五分钟以上呢?正是这些无时不在的烦恼让我们浑身上下不舒服,才要向外物索取快感,寻求麻醉。

面对优美的风景,可以试着把自己松懈下来,眼中无所视,心中无所想,草木一般,便会获得一种奇妙的感受:身体一下松开了,仿佛无数条看不见的绳索从身上除去;四肢轻了飘了,末梢如托如浮,似乎想飞就能飞起来;呼吸通畅了,吸到了丹田;鼻息和足底贯通了,气息自然上下,无须呼吸;不知身在何处,甚至忘了自己……

这才是人间至乐,最好的养生。若想健康,很简单,只要松弛下来就好了,我们的身体天生就带着愉悦感,何必还要向外物去索取快感呢?这是上帝给我们的生命设定的底色。只是我们早已改变了这一底色,忘记了还有这样与生俱来的愉悦。

纸醉金迷多忧愁

近日看《中国史话》,里面说:五代十国时南唐的人民经常通宵达旦地娱乐;北宋末年那位艺术家皇帝宋徽宗,在亡国的前夕,居然还有心情把正月的庆祝活动延长一个月,并向来参加庆祝的人每人赐酒一杯。几十集的纪录片看下来,上下五千年,不知道为什么,我就记住了这两个细节。对于那样的乱世,我向来有一种说不清的好感。

徽宗的字和画都见过。他的画,富贵气而已,《芙蓉锦鸡图》里漂亮空洞的一只鸟,一点生气都没有,他见过的鸟大概都是园囿或笼子里的。他的字不同凡响,粗一看,很纤弱工整;再看,一笔一画都透着英气,甚至是刀兵之气;若是虚着眼睛,任那幅字模糊掉,看到的一定是一片烟气中竹林,即便是仔细看,一笔一画也太像竹叶了。竹子的气质是最复杂的,用途也是,既可以观赏、入药、造屋、烹食、做书写工具;也可以制兵器,比如竹箭;还有一种竹剪刀,用来剪鲜花的,现在没有这么体贴的工具了。史称徽宗的字为"瘦金体",不是很确切,瘦是瘦,"金"却太过现实了些,缺了点什么,不如叫"瘦竹体"还贴近些。

越是乱世,产生的艺术越有蚀骨销魂的效果,想想都是很怅惘的。

南唐后主李煜的词就不要说了,风流得不能再风流,断肠得不能再断肠了。他的"梦里不知身是客,一晌贪欢","问君能有几多愁,恰似一江春水向东流"固然是好,我个人更喜欢他那首《清平乐》:

别来春半,触目柔肠断。

砌下落梅如雪乱,拂了一身还满。

雁来音信无凭,路遥归梦难成。

离恨恰如春草,更行更远还生。

"离恨"这个情绪,从《诗经》时代开始,汉魏、隋唐,被写得烂到不能再烂了,看到这句"离恨恰如春草,更行更远还生"的时候,还是被震了一下,好像心里被些细细密密的草或小虫子爬满了，有一种被微微啃啮的感觉。直到今天，一说到离恨，脑子里出现的就是这一句。春天出去玩，看到草长出来，想到的也是这一句。

据记载李煜是一位仁厚的君王，这在"臣弑其君、子弑其父"，"人鬼皆失其序"的五代十国时期是十分难得的。他还精通各种艺术，包括家居设计。用销金红罗做罩壁，绿钿刷隔眼，糊以红罗，外面种着梅花，影影绰绰的观赏，就是他的创意。在擅长视觉艺术的今天，空间造型的极限也不过就是如此了。所以他亡国是情理之中的。他的死，据说也是那些追怀故国的诗词惹得宋朝皇帝不高兴了，才把他毒死的。有记载说，他被宋军俘虏的时候，要他上船，他怕船和岸之间架的板子不稳，犹犹豫豫不敢上，可见是个多么惜命的人。就是这样一个人，偏偏让他在亡国后当了两年多囚徒，遍尝了各种恐惧和忧伤，写出了一生中最精彩的词作，才让他死，也不失为上天对他的眷顾，其中的苦乐很难说清楚。快乐和痛苦生来就是在一起的，先不说能不能只要这个不要那个，缺少一个，则苦亦不苦，乐亦不乐，只要在有生之年尝够了活着的滋味就不算冤枉。

李煜的父亲李璟也是个很好的词人，"多少泪珠无限恨，倚阑干"就是他的词句。和李煜一样，也是哭哭啼啼、受气包的风格。只是他没有李煜"幸运",他死在南唐的宫殿里,死在一大堆后妃和大臣中间,没有那么惨痛的经历,也就没写出那么多的好词。

近代的生活,我感兴趣的是孤岛时期的上海。那时最迷人的电影、旗袍、百乐门倒还没什么,我最有兴趣的是当时普通民众那种今朝有酒今朝醉的享乐生活。

六七年前我写过一个音乐剧,开头是这样的:在逃难的街头,一个舞女对一个陌生的男子有了好感。炸弹落下后,死了很多人,偏偏她和那个男子没有死,她想,那还等什么?她忘了自尊和矜持,冲过去抱住并吻了那个男孩。于是他们立即疯狂地相爱了,甚至都来不及问对方姓什么。后来局势稳定了一些,他们反倒因为互相猜疑分手了……

不知道当时怎么想到写这么个情节,我想这里面一定有我喜欢孤岛时期上海的原因。

当时的流行歌也极好,比如:《玫瑰玫瑰我爱你》《永远的微笑》《恋之火》《如果没有你》《梦中人》《葬心》……太多了,数不过来。这些歌直到今天,只要被哪个歌手收进专辑,一定是那张专辑里最好听的一首歌。黄莺莺的《葬心》、徐小凤的《恋之火》本来唱得是极好的了,一和那个时代的原唱者比就显得花哨和没有真情实意。

白光是我印象里最能代表旧上海的歌手，低沉的嗓子垮到不能再垮，唱起来完全没有那种小妹妹的声气，是一个饥渴的女人在呻吟。她的《相见不恨晚》像一个老妓女在床边对情郎说山盟海誓的痴话，说到最后自己都不相信了，也没了底气，可挣扎着还是要说，听久了有一种悲凉的恐怖。

周璇是白光的反面，她那小妹妹的声气本来是很做作的，因为能听出些真实的单纯来，所以还能接受；听多了更有一种猥亵幼女的犯罪感，这恐怕就是很多人喜欢她的原因。

至于现在的歌手，"哀莫大于心死"，心死了之后，剩下的就是对欧美歌手口吻的拙劣模仿；汉字也咬得变了味，完全不像从中国人的嘴里发出来的声音。说句悲观的话，以后还会不会有那样好听的歌，不太敢想了。

在最混乱最无望的时代，娱乐业却发展到了顶点，看起来不太合理，实在是最合情理的一件事情。

乱世里的人有乱世的苦痛，也有乱世里的痛快和惊心动魄的奢侈。观众一贯爱看百乐门里的一掷千金，或舞女不顾性命和小白脸出逃的情节。相比之下，在乱世不是乱世,太平又不很太平的今天,大家反倒活得现实而拘谨,更多的人是在平静的绝望中度过了一生，平日里无非就是看看旧上海那些烟飞火起的故事来打发时间。

身上只剩一百块钱,往往很爽快地拿出来请朋友吃饭。有了几十万反倒吝啬了起来,这也是人之常情,因为有了更长远的考虑。只有在濒临绝境的时候,人才能明白自己到底要什么,所以,人类的智力究其实不会有本质的提高。

有一次去一个租房的朋友那,看到满屋子的二手家具,从国营单位老办公楼里搬出来的那种。到处凌乱不堪,靠垫和烟灰缸都扔在地上,杂志和盗版碟也满地都是。我心里一下就放松得不得了,像回到了小时候一样。豪华干净的地方会让我隐隐有些紧张和不确切感,包括我自己的家,虽然算不上豪华,可是也有几件敦敦实实,经久耐用的实木家具,让我总是有一种生生世世的牵累感。

神仙的生活无非就是没完没了的蟠桃宴,或是在松树下下一千年的棋。据传,古时候有个人进山砍柴,在松树下看两童子下棋。一盘结束,他的斧柄已经朽烂了,回到家亲人都死了,已换了人间。如果不是日子难打发,又何必下一千年的棋呢?

旧上海的一首老歌里有这样一句:红的灯,绿的酒,纸醉金迷多忧愁……

后来有人可能觉得不通,改成了"纸醉金迷乐悠悠"。改得实在不怎么样,我还是喜欢前面那一句。

中国人的偶像

大英博物馆，印度的佛像和中国的佛像放在一起展出。印度的佛像丰圆健硕，喜悦安详，细长的眼睛微闭着，看不见里面的情感，没有性别和尘世的痕迹，介于生命和非生命之间。中国的佛像则不同，有一尊观音，眼睛低垂，颊沟深陷，明显有老态了，让人想起《望江亭》里死了丈夫的寡妇：读了几句诗书，懂得人世间的无趣和拖累，也忌惮讥谣垢啄，想六根清净，一心向佛，却又经不住异性的诱惑。内心的种种都写在了脸上。

中国人对神呀佛的向来有自己独到的理解。比如说我们描绘的四大金刚，威猛豪艳的装扮是标准的天神，再看道具，夹着伞，抱着琵琶，有走街串巷讨生活的巫道乞丐之流的印记，弹弹唱唱的到人家门口讨几句好口彩。

八仙也是。袒胸露乳的汉钟离；嗜酒成性的铁拐李；

生性轻佻的中年术士吕洞宾,"三戏牡丹", 专爱在少妇面前发癫狂;还有自得其乐的鳔夫张果老,终日无事,倒骑着驴,在村头寻热闹看风景。每个乡县的桥头集市都不难看到这样的人。

中国人向来把神佛当个热闹,心里不太认真。庙观从来就是唱戏、买卖、保媒拉纤、私订终身、红杏出墙的场所。不像外国的教堂,庄严肃穆,神圣无比。

各种宗教都能在中国找到自己的土壤。中国人还嫌不够热闹,依着自己的需求和喜好,又创造出许多的神仙来:土地公、土地婆、灶神、某山神某河神之类。

有的神仙职责少得可怜,比如说灶神,仅管着一户人家的事情。南方的老太太吃饭的时候,碗里头挑出不吃的菜甩在灶边地上,口里念念有词,就算献祭了,和喂狗没什么两样。想想也是,一家之中,神龛上供着祖宗,还有南岳圣帝、太上老君、观世音菩萨、文殊菩萨,供桌下是土地城隍,灶王爷又算得了什么?

在中国人的心目中,神的世界和人的世界一样,有等级有帮派。如来佛祖和玉皇大帝是佛道两派的头目,都要供,神多事杂的,自然不能一视同仁,要看神下菜碟。神仙要想得到好的待遇,必须靠自身的努力,也就是要"管事"。

管不管事谁又说得清楚呢？老舍的笔下，北方的老太太经常谩骂神佛，说吃了猪头不管事。舆论很重要，三姑六婆们说哪路神仙管事了，哪路神仙的庙就香火盛。也是炒作，一旦炒红，少说也能红个几千年，比明星红得久多了。

寺庙早已不是清静之地了，比尘世还复杂，比生意还生意。据说某名山大寺新年的头一炷香能拍卖数百万。菩萨若能被金钱收买，还算什么菩萨？道理好明白，可善男信女们不这么看，他们兴许情愿是个交易，可以操控在自己手上，要不怎么钻营走关系也叫"求神告佛"呢？已经公正无私了，坐在家里等判决就好了，也就不用去求去拜了。

寺庙的名声不好，加上这么多年的唯物主义教育，神佛的威信已降至历史最低点。在南方的一座山脚下，曾见到两个尼姑边走边谈论，说庙里的功德箱被偷了。换在以前，就算凶恶如《水浒传》里做人肉包子的孙二娘夫妇也是忌惮神佛的，他们的三不杀里，头一条便是不杀过往僧侣。

所谓"近之则不逊"。在中国，神佛太亲民、太好商量，于是，历来就有亵渎神灵的民风。《打神告庙》这出戏唱的是求神不成打神毁庙的故事。这在信上帝信真主的国家是不可想象的，演出者很可能受到火刑之类严厉的惩罚。他们的上帝和真主永远是独一无二至高无上的，在一切道德法律和艺术作品里都是。

在中国则不同，民间故事里如果人和神发生冲突，人们习惯性地站在人这一边。神仙只能充当反面角色。哪怕是妖和神对立，人们也更愿意同情妖，比如同情那些白娘子狐狸精。

去戏曲里看就更明白了，中国人真正崇拜的还是自己，是小市民里的佼佼者。锡剧《珍珠塔》里的方卿是最标准的大众偶像：向姑母借贷，受了侮辱，于是赌气不做官不登门。直到几年后中了状元，送来了凤冠给表姐，连丫头都得了他十锭金子。于是姑母脸上有了光彩，也就愿意歉疚了。本来姑母是要受到顶香盘的惩罚的，但方卿立刻原谅了她——必须原谅，大团圆结局。仔细一想，最大的受益者还是他的姑母：她的侄子重整了门庭，娘家富贵了，她脸上有了光。富贵后还肯不计前嫌来见她，她的女儿也嫁给了状元。方卿的千辛万苦最终似乎都是为了满足她的愿望和虚荣心。观众自然也好人做到底，最后她连一点小小的惩罚都被方卿当众免去。这样的戏说到底是站在小市民的立场的——伟人的伟大之处就在于让小市民的自私得到满足，最后还必须苦苦谦抑，别说报复，连夸耀之心都不能有，否则一样不会被台下的小市民所喜爱。

在大家看来，这样的人死后也是可以进入神仙阶层的。这个门槛不是很高。《水浒传》里帮助宋江破阵的邵俊，只是一个唐朝的秀才，落水而死的，生前没什么大不了的事迹，或许是因为形象好吧，书里说他的塑像"面若傅粉，唇若涂脂"，也被供在乌龙岭封为乌龙神，受四方香火。宋江死后也成了水泊梁山一带的神灵，布风施雨，尽职尽责，一如生前"及时雨"的名号。

中国人喜欢用世俗的眼光看待一切问题。说白了，神佛也要被供养，靠着人才有地位，自然不能免俗。观音在印度本是男身，到了中国成了女人，还被塑造成标准的东方美人形象：珠圆玉润，粉光融滑。"赛观音"是跑江湖的娼妓戏子们爱起的艺名。文人们一见到美貌的女子，极端的赞美就是"观音下莲台"。难怪中国人喜欢念"救苦救难的观世音菩萨"，也许在潜意识里，真正能救苦救难的没有别的，只有女人的美貌——很难说没这个意思，中国人嘴里的坏向来是藏得很深的，不仔细琢磨体会不出来。

画家的眼睛

在北京随处都看得到很"先锋"的画,酒吧、咖啡厅、各种会所,甚至低档的饭店都有。大概这样的画在装饰品中是属于低廉而有品位的。只怕也不要钱,北京到处都是过剩的艺术才华,房子倒紧俏得很,有个展示的地方已属不易。画的东西其实也千篇一律,无非是变了形的物件,或者噩梦中才会出现的光影。

保守一点的人会说这样的画是"观念大于内容",或者直接说哗众取宠。我倒觉得身为一个今天的画家是可怜的,哪怕最不容易捕捉的美都被前人捕捉得差不多了,往前走固然不易,一味模仿更无出头之日。"美"既然审不到,便只能去审"丑"审"怪"了。即便是这条路,也没有想象的那么好走,在这个上帝创造的世界里,除了人,其他的事物呈现出来的都是天然的美,谈不上"丑"。于是,为了表现"丑"而生造出些"丑"来也是难免。

中国的画家更早意识到人是美丑掺半的，一味地美化会遭质疑，赤裸裸地表现又会引起不快，于是早早地把眼光瞄准了山水和花鸟虫鱼，以此来间接地表达人。果然，以直接表现人为主的西方画，很快就滑入了审"丑"的泥沼。

对于绘画，我是个外行，这些说法也未必对。对于美，我倒想再多说两句：除了机器生产的，天下没有完全相同的两样东西，所以美是不能穷尽的。从个人的偏好上来说，我还是比较喜欢过去中国画家的眼光，他们描绘的东西，能让人有多少领会固然依赖欣赏水平，至少，挂在任何地方都不会让人不舒服。

最想拿来挂在客厅里的一幅画是文同的《墨竹图》，可惜至今没找到合适的复制品。这幅画没有别的，就是画得太像竹子了，每一片竹叶都呈现出微妙的光影和颤动，其灵秀之气完全得之于天然。"天然"二字可以作为一切艺术的终极评判，画也不例外。再好的风景画也不能比拟风景本身，虽然不能比，好的画却可以是美的选取和提炼，于是也就有了它的价值。古代的文人画也好，山水田园诗也好，说到底是先有画家的眼睛，然后才有画和诗文。再精彩的描写，再深刻的哲理，往往都不及一双画家的眼睛加上平实的语言来得可靠。面对造物主的伟大，人类唯有欣赏和赞叹，所谓"思想"更如同山林间的晨雾一般容易消散。"天然"和"人为"的分歧也在于此。

从近些年的风气看，人为的东西越来越受到欢迎。由于照明技术的普及，随处都可以看到人造的幻境：舞台、电影、被强光投射的建筑。有了炫目的灯光，随便找一片塑料或者一堆废铁丝，挂在墙上用射灯一打，都是艺术品。相反，自然的光影已经引不起人的兴趣。感官上巨大的刺激带来的必定是巨大的衰退，老鸭被清水炖出来的香气，很难被吃惯了麻辣的人体会出来。

有人会说我这是"自然主义"。《红楼梦》就曾被胡适贬为"自然主义"，可见并不是件坏事。况且提倡自然并不等于放弃创作，而是对创作的格调提出更高的要求。

比如那幅《墨竹图》，细看就有很大胆的处理：藏在叶子里的竹枝柔和地弯曲，往斜下方生长，末梢颤颤地翘起来。直和挺原本是竹子最显著的特性，却做了细微的改动。其中所表达的除了竹子的灵秀之气，还有温和圆融的世界观。宋人的画作大都这样，柔和的背后气象极大，像坐在飞机上看山峦，虽然笼天罩地，却只觉得温润可爱。近代画竹子大多宗郑板桥，飒辣清劲，有气有节，愤世嫉俗，似乎具备一切超乎常人的品行，却往往忽略了宽容。

宋代范宽的《溪山行旅图》构图相当超前，将一座巨峰方方正正的填满整幅画面。这样的处理在现代派画家看来恐怕都不可思议，在他的笔下却不觉得窒闷和危压，只觉得宽博仁厚，非胸襟大者不能为。史载范宽是位隐士，常在山中一坐一天，观察山景，因为性情宽厚才被人们称为"范宽"。

小时候看家里的画册，会惊奇古人把山峰画得像花瓣一样层层叠叠，连最险峻的山崖都有古艳的媚态。长大了才知道是宋朝人的笔法。这是阴阳的极度和谐，有了雄伟作底，细微处便不妨秀丽一点。就像张爱玲的文风，有了好的写实功力，也就配得起华丽的文字，可惜今天学习她的人往往只学到了华丽和做作。

有朋友想给孩子早期的艺术熏陶，问我该怎么办？在家里摆上几本画册就好了。不要做任何解释，不要怕他看不懂。小孩对艺术的感受是来自于本能，是不自觉的吸收；长大了，有了方法和教条，有了所谓的评判标准，反倒和艺术的本真隔膜起来。小时候，我家里就有几本国画的画册，无聊的时候偶尔会去翻翻，那里面的空气是远古，是梦境，经常有种窥探的冲动。翻一会儿，瞎想一会儿，又无聊地合上。到底看过些什么,现在完全不记得了,可就是这点稀薄的印象,左右我一辈子的审美。相比而言,长大后得来的艺术经验,反倒难以产生长久的影响。从性情的培养上来说,把国画的种子种在小孩心里,不管他长大后是平凡还是伟大,都不难获得沉静与快乐。国画家历来多寿星,西方现代派画家自杀和心理变态的很多。隋炀帝纵欲过度,口渴到一日能饮几斗水。太医见病入膏肓,针砭药石不能奏效,便画了两幅画挂在他的寝宫:一幅是雪景;一幅是紫红的酸梅。隋炀帝日日赏玩,口便不渴了,病情果然有起色。

照此推论,中国画对于现代一些不易治疗的疾病应该也会有作用。比如说抑郁症,病因不外乎是压力和孤独。可以去看看张复阳(明)的《山水图》:河岸边,湿蒙蒙的,船夫抱着竹竿低头打盹;两个行人在道别,深深地作下揖去;柳枝的末梢还没有感知到初春的阳气,光秃秃地吊折着;嫩叶太嫩了,淡淡的绿色有点附着不上,似乎正从叶子上褪落下来。一切都是低垂的姿态。面对这样的情景,再大的压力都会消弭于无形。至于孤独,中国画大多是描绘孤独的,真领会了其中的美,孤独也未必是肇病之源,反倒是境界,是一剂良药了。

看京剧

现在京剧红得很,证据如下:

一切关于中国的宣传片,它是必须的点缀。

有几首洋腔洋调的流行歌是关于京剧的。

写字楼的大堂挂着几张梅兰芳、马连良的老照片的都是值钱的楼盘。

文艺界很喜欢谈论。文艺界人士的取舍动辄影响天下审美,不能小看。说什么并不重要,对他们来说,耀眼争光的功用却比名片上的空头衔来得鲜活。

只有一条,剧场里观众并没见增多。

《还珠格格》未必有人肯把它挂在嘴上,好多人看过不止一遍。《红楼梦》大家都要说上两句,看全的没有几个,京剧也是这样。当然,有人说总比没人说好,一人吹一口气也了不得——上次在公园看到一座迪斯尼乐园,是塑料的,用鼓风机吹起来,放了气,还能运到另一个地方去。

在这些鸡一嘴鸭一嘴的印象里,京剧像一个深宅大院里的世家老中医,或者气功大师,红面容白胡子。等到有一天真的去看一场京剧,发现这位白胡子老头随便得很,还不如街上的一个小头目煞有介事,就不习惯了,于是更不爱看了,宁可保持那点浮面的印象。

世上有大智慧大能耐的人,往往看上去很随便很平凡;泛泛之辈,往往道貌甚酷,泰山北海。这个"装"字诀大家多少都会用一点,只是经常会看走眼。

还有就是我们对"过去"的认识太崇高严肃,就像我们始终不愿意相信我们慈爱的爷爷奶奶曾经在床上颠鸾倒凤那样。对"今后"的认识又过于低估,下一代都是没有责任心,不会思考的。父母在教训子女的时候,子女很可能心里早就看透了父母的弱点,而且充满了鄙视。子女对父母最大的羞辱莫过于把这种鄙视通通说出来。很多父母都经历过这样的难堪。

当然,子女对父辈过于崇敬也不是件什么愉快的事情,双方都会变得很拘束,亦步亦趋,不能随心所欲,不能想说什么就说什么。这也许就是现在的京剧演员越演越死板的原因。

京剧是很随性的东西，最讨人喜欢的中国人也具有这种性格。京剧的好处在极有法则又极无法则上。嗓音、躯干、神态、呼吸、偶尔唱破音，甚至清嗓子的咳嗽，都可以成为艺术品。可以出口成诗，也可以胡说八道骂粗口。不过，京剧容易自说自话，动不动连唱带说搞半天，无非就是些无聊的交代，初看的人很怕这个。

大家知道的《玉堂春》就是这样。荒郊野外，一个老解差押着一个女犯，解差替女犯提着刑枷，女犯拄着解差的棍。走得慢，时间更是难熬，该说些什么，女犯苏三絮絮叨叨说起自己的不幸，怨父母、怨丈夫、怨仇人、怨贪官。老解差打着闲哈哈替那些坏人辩解，有一搭，没一搭，谁也没往心里去，兴许还想着别的。不相干的事情，谁都愿意当个宽容的旁观者。就因为苏三说了句："洪洞县里无好人。"老解差生气了，要把刑枷给苏三戴上，因为他也是洪洞县的一员。苏三没有办法，只好露出风尘女子的本相，攀着老解差的肩，笑夸他是个大大的好人。解差这才转怒为喜，继续趱路。那一笑实在太媚，草都不长的黄土路上，兀现一朵娇媚的野花，叫人顾不上欣赏它的美，只感到造物的恶作剧。这样"意识流"的写法在今天看都是很现代的，这出戏少说也有一二百年了。

到了公堂，苏三认出了堂上的官员就是自己的旧相好王金龙。——这次复审就是他安排的。苏三以为王金龙是故意不认自己，便想上前说句刺他的话，还不能让周围的人听出他们的关系，免得连累她的旧相好。这是个很难的题目，对惯于即兴创作的文人来说都很难。最后她找到一个很好的比喻："玉堂春（王金龙替苏三起的名字）好比花中蕊，王公子好比采花蜂。想当初花开多茂盛，他好比那蜜蜂儿飞来飞去采花心，如今不见了公子面……"难得的一句动之以情，晓之以色的话。

说到情与色，《春闺梦》是个典型的例子。新婚三日，丈夫被征去打仗，妻子张氏在家一等就是一年多。某个丝摇柳荡的春日午后，她打听丈夫的消息未得，回到家中，伏在桌上小睡，梦中丈夫回来。一年多累积的相思，及到眼前，也只是平常不过的反应：先惊，后喜，询问丈夫没有受伤后，便开始埋怨：又是去了这么久，又是不给自己写信，在没有错的地方挑男人的错。这是一种爱的表达，多数情况下，男人未必明白，也未必领情。丈夫提出要做爱。女人的回答足以让天下的男人会心一笑："劝痴郎莫情急，且坐谈心。"男人喜欢先做爱后谈心，女人却喜欢先谈心后做爱，古今中外一样，真是怪事。男人说："要谈你谈，我是不要谈的。"女人又说要去换衣服,总之是拖延,这种时候,女人喜欢彰显自己的克制能力,心里再急也先放在一边。等她转来丈夫就睡着了,叫不是,不叫也不是。后来有人来抓她丈夫,追来追去梦就醒了。张氏醒来后的心情可想而知,她一定恨极了自己那个关于谈心的建议。最后她闷闷快快地走向台口,唱了两句:"今日等来,明日也等,哪堪消息更沉沉,明知梦境无凭准,无聊还向梦中寻。"戏就完了。这部戏的主题是反战,看完才知道。通篇只见闺房之融乐,不见死人,于是更加震撼。

《贵妃醉酒》也有这样独特的角度。唐玄宗只一夜没来,杨玉环又是把自己灌醉,又是和太监戏耍调笑,以求度此长夜。以前看戏,只见过贵妃的热闹。此时更看出她平日在男欢女爱上是何等的满足。中国的后宫女人,能有性上面的幸福,她只怕是唯一的一个。高力士进了一杯酒。杨玉环问:"进的是什么酒?"高力士:"进的是通宵酒。"杨玉环:"呀呀啐,哪个与你们通宵!"真是个会享乐的女人,和太监在一起,像是和自己的姐妹,哪有一点君臣之礼。唐玄宗爱她,也许就是因为她的简单。通常有作为的男人都愿意找个简单的女人,只为她能够发自内心的崇拜他,给他足够的尊重和照顾,让他最大程度的得到放松。《红楼梦》里的贾政,如此道学的一个人物,却有一个粗俗不堪的妾——赵姨娘。书中唯一写到贾政就寝,就是在赵姨娘屋里。这是有道理的,他的太太王夫人以明理尚德著称。白天朝廷公事,繁文缛节不胜其烦,若晚上还和一个"礼仪"的女人在一起,也未免太累了。有些当教授当博士的女人,为了怕自己的同样做教授的丈夫花心,放弃友谊,不敢叫女同事回来玩,却因为对一个小时工阿姨疏于防范,功亏一篑。其实,她是不理解,教授和保姆才是上等婚姻。所丧失的无非是些学问审美上的交流,何况,交流这些,通常会以吵架收场。

京剧本身就具有杨玉环的性格:热闹、华贵、贪欢,所以一说京剧就要提到《贵妃醉酒》。京剧是一个大超市:开心的、幽怨的、勇武的、大仁大义的、嘻哈搞笑的、甚至荤段子,里面应有尽有,只要进去,不管你是怎样的思维模式,总有一个模子能把你套进去。

有人喜欢在剧场里走神,这是我最欣赏的一种看戏方法。爱看京剧的人,一出戏一辈子要看无数次。有自己喜欢的角上来就看看;没有,偶一触动,便开始走神。台上的戏还没演完,心里早已历经几生几世,回过神来,身心舒爽。

在剧场睡觉也不错。现在的剧院,座椅很软,松松的人刚好卡在里面,很舒服。小时候,逢年过节,总喜欢在大人们的吵闹声中睡觉,瓜子皮、花生壳、高高隆起的新棉被,浮在云堆里一样,安全得不得了。剧场给了大人们重温这种体验的机会。

有时候自然而然地睡去,像夏天在树下看书看困了那样,猛然被锣鼓惊醒,烈日炎炎,台上打得正起劲。

不管戏是紧是慢,京剧的开场和结束总是热闹的大套锣经。大幕一拉,锣经一停,突然静下来,就像做了个梦,梦中的事已经忘了大半,所以下次再看还是新鲜的,反正过来过去就是那几出戏,那几个角,每次看戏都像去最熟悉的朋友家做客一样,舒适安逸,比主人还心安理得。

看陌生的戏又是另外一种感觉。

第一次看程派名剧《锁麟囊》是七八年前,那时候还从来没看过京剧,唯一的感受就是声音和动作的怪。演员的声音呜呜咽咽,时隐时现,风过竹林般,来去莫测。经常一口气就拐几十个弯。旁边的老观众,打着拍子,检验般地跟着哼哼,确认无误,满堂嗷嗷地叫好,中老年人的集体发疯。(半年前去看张火丁的演出,好多一二十岁的小孩,抬着花篮,上面写着"祝丁丁阿姨演出成功",很让人欣慰。)

台上,张火丁扮的薛湘灵松着腰,佝着背,曲着膝。平时看惯了外国那种绷得笔直的形体艺术,觉得很不适应。中间,她有一个水袖,从腋下穿过,蜷缩着身子往斜上方一送,那三尺长的白布直穿过剧院的天花板,送到剧场外的夜空里去,当时触电般身上有些微微发麻,好像眼前不是真的表演,而是电影特效。后来我查资料,得知创派人程砚秋是研习太极的。我买了盘磁带在家里听,听了快一年,第一句"春秋亭外风雨暴"还学不上来,寻常的流行歌则过耳就会。

尚派戏,现在演的人很少了,据说是因为太难。去天津看了传人张艳玲的《昭君出塞》。剧中王昭君的刚烈和去国怀乡的感情都是通过一匹马表现出来的——台上没有马,只有人。跋涉的艰难,塞外的狂风,马的暴烈,全靠动作。写意写到这里算是到了极致,演员又是人,又是烈马,没有一刻静止。明黄色衣裙在旋转中一层一层掀起来,最里面藕粉色的水裤鼓得像灯笼,加上酷烈的伴奏,满台尘土飞扬,连人带马都成了黄色的烟。每当演员准备完成一个高难度的动作时,观众便预先发出长长的"噫"声,音量甚至盖过台上,像看到一辆失控的汽车冲进人山人海的菜市场,造势、助威,直到演员动作完成。如果满意,便闷雷般叫一声"好！"如果不满意,那声"噫"便下滑成一声叹息。演员一卖力,台上台下,风起云涌,一浪高过一浪。行里说:"北京学戏,天津成名,上海挣钱。"只有天津的观众才能让你感觉到,千真万确你已经大红大紫了!

相比而言,外国人的观剧方式就没这么轻松。花上一两个小时修饰准备,见客户一样正装出现。进了剧场还要恪守各种禁忌规矩,恭敬严谨,如同政府会议。

以前看戏的情景只在电影里见过:吃着喝着闹着,头上飞手巾,地下爬小孩,服务生满场跑,随时伺候。真的是看戏,最中国人的氛围,其热烈的效果只有成箩成篓的红蛋和蒸在屉笼里的点心可以比拟。

看戏是消遣娱乐,不求那样放肆,至少也要袍松带软,嬉笑自若。能不能让观众安静下来,则要看台上的表现,这才合乎自然,合乎顾客至上的原则。

好多戏都有让全场立刻寂静的作用,哪怕看过好久,剧情有些忘了,那些寂静的刹那还能记起来。

《夜奔》里林冲出场,只稳稳地一站,全场便悄然无声,一种至柔至圆的威慑力。末路的英豪还有如此意气,至今看来依然是男性美的典范。

《战宛城》里有个荡妇,思春的时候,把手绢放到嘴里咬住，两头一拉,砰的一声,带着些唾液弹出去;唱那么几句就用手去摩擦大腿。她下场的时候用的是跷功——用脚尖踮着个做成三寸金莲形状的木跷,走起来吊零零的。有人说这是"中国芭蕾",其实比芭蕾难得多,因为还有这个女人的品行和性幻想在里面,呼之欲出。二者是仿宋印刷体和真正书法的区别。这是中国朴素的"行动戏剧",没有现代戏剧理论的时候产生的,无化肥无农药。

麒派的《宋士杰》是从半截开始看的,不知道来龙去脉。老讼师宋士杰从公堂出来,看到两个连累自己充军的异乡人,唱道:"你家住河南上蔡县,你住南京水西门,我三人原本不想认,宋士杰与你们是哪门子亲……"先不说麒派苍凉的声腔,单是表那两个陌生的地名,便闻之落泪,有一种"远行不如归"的感伤。

《行路训子》里的老母亲,到不孝顺的大儿子那里找自己的小儿子。得知小儿子的死讯,便昏死过去。苏醒后,她没说什么,起身便走,只冷冷地唱了一句,大意是:自己白跑了一趟, 又要孤零零一个人走回去。经历的苦痛多了,人便学会了往前看,她已经忘记小儿子了,只想着这么长的路一个人怎么走回去,碰到熟人,要是问起该怎么说……

原来的自己

宋代秦观的词,风格比李清照还女性化,那句有名的"有情芍药含春泪,无力蔷薇卧晚枝"就是他写的。他的外貌有记载,满脸大胡子。他的老师,写"大江东去"的苏东坡却是个眉淡须少,面庞清瘦的人。

要是把他们写进小说影视里就不会这样:性格文静懦弱的都很清瘦;黑社会的人长得就很黑社会;将军的身高通常八尺,腰围也是八尺。虚构的世界永远要规整协调得多,真实的人生里则充满着种种的不调和。

比如体育老师好多喜欢戴眼镜,而且说话温柔,尤其对女生。经常叫嚣着要打架的则是语文老师,瘦得跟小鸡一样。

在现代派电影里,农民的形象孤独沉默,守着一片黄土。其实他们大都爽快热闹人缘好。城里人往往吝啬封闭,亲兄弟都不来往。

中巴车上卖票的小弟最常见的打扮是黑皮鞋白袜子加一条脏西裤,每天在车门路沿蹿上跳下。大老板天天私车地毯,却喜欢穿运动裤运动鞋。

《家》里面的梅表姐,性情很像林黛玉,为觉新郁郁而终。巴金的研究资料里说,这个人物的生活原型中年后变成一个自私冷酷的妇人,曾向现实生活中觉新的后人逼债,还说"人在人情在"之类的话。所以古今中外文学作品里,那些最可爱的女子都会早早死去。

这里面有人群集体自私对一个人的影响和改变,也有别的原因。可以假设一下:父母上了些年纪,经历的世事多了,难免一味讨好别人为自保,贪图小利为自得。她们从小继承了父母的短处,又从旁人的态度里看到父母的可憎,这点伤害让她们事事处处都要和父母不一样。于是她们在青春期都是像梅表姐一样善良而诗情画意的。年纪大了,有了孩子,也经了一些世事,原来那个自己又慢慢从心底剥了出来,就像在异地他乡的人,年纪越大,乡音反倒越浓那样。

男孩子通常看不起父亲,因为在他们少年意气"飞飞摩苍天"的时候,父亲已经到了认命甚至消沉的岁数了。

等到他们闯荡多年后，发现自己和父亲的性格为人越来越近，该有的毛病也都有，甚至混得还不如，就受了莫大的伤害。因为这点伤害，越发对父亲没有好态度。

人生就是这样的颠三倒四，一两个回合人也就老了。光阴的逝去是加速度的，从出生到十岁，像远古一样，长、慢、混沌、有无数个世纪。十岁到二十岁，是急不可耐要长大的十年，越急越觉得慢。三十岁不来就不来，一来就是铁板钉钉地来了，一点心理准备的时间都不给你。三十岁之后，不知道为什么就是四十、五十……轻飘飘的，无着无落的，一丝力气都使不上就到了。

心性再早熟的人，在衰老这个问题上还是会被打个措手不及。电视上介绍什么人，会在心里评价：原来他年纪这么大了。猛一回神，自己比他还大得多。

碰到个女同学，身材也变了，脸上老得难以收拾，说话的时候表情稀烂稀烂的，满脸世故的假笑，脑子里不知道是在想着卫生纸还是尿布，搞得你只想把这个见面快点结束。想到自己还像十七八岁的时候一样在街上冲来冲去，一瓢凉水浇在心上。

回老家，站在路口卖肉的还是小时候那个人，和气的一个小老头，笑眯眯看着个什么，一看就是半天，可以纹丝不动。自己看他还是小时候那双眼睛;可他却一次比一次矮、皱、黑,像老房子的木板墙一样越来越稀薄得可怜。你在感叹他,兴许他也在感叹你,谁也讨不着谁的便宜。

　　一个雄才大略的男人没有了斗志是比美人迟暮还悲哀的,因为前者似乎可以避免。男人的痛苦往往在于误以为自己很有斗志,斗了很多年才发现自己原本不是一个这样的人,可原来的自己是什么样的呢?想明白又有什么用?大半辈子已经过去了……

唐朝的石榴裙

我很喜欢"石榴裙"三个字，每次在旧小说里看到，便有说不出来的亲切，尽管并不清楚这种裙子是什么样子。可能是因为石榴有那么一点家常的意思，和女人有关联的东西，只要可亲，总能让人牵肠挂肚。

石榴树粗、拙、叶子小，乍一看，小里败气的，种在哪里都不会得罪人。有了这个朴素的底子，它的花再炽红火热，也恰如其分。就像一个平时没声静气的人，偶尔穿一两次红衣服，打眼漂亮。一个大排大场的人，再穿红着绿起来，就令人生厌了。

深庭静院里石榴花有一种幽深的明艳，尤其是黄昏，一切都灰暗了，阴阴团团的黑影似乎就为了托出那么几点红色。何况它还不知道自己的艳丽，羞于见人，客人来了，躲在角落里，转身就到厨房烧水择菜去了。中国女人独有的味道就在于这一点不自知的羞怯，不像外国女人，略有几分姿色就浮在面上，昂首挺胸，用肢体语言告诉大家自己是世界上最漂亮的。

兴许正是因为这点藏在本分后面的诱惑性，石榴裙成为宫廷艳情的象征。"石榴裙"这个词最早出现是在梁元帝的《乌栖曲》里："芙蓉为带石榴裙"。就是那个写"杨柳非花树，依楼自觉春"，"巫山巫峡长，垂杨复垂杨"的梁元帝。他是中国历史上少数几个写怨妇诗写得好的皇帝。还有一个是曹丕，他那首有名的《燕歌行》把半夜想男人的心情写得细细末末，柔肠寸断，亏他怎么体验出来的。原诗很长，这里略举几句：

> 贱妾茕茕守空房，
>
> 忧来思君不敢忘，不觉泪下沾衣裳。
>
> 援琴鸣弦发清商，短歌微吟不能长。
>
> 明月皎皎照我床，星汉西流夜未央。

帝王本身不存在性饥渴的问题，那些女人是不是爱他就难说了，所以心思偏于敏感的，写一些女人思念自己的诗也是自我安慰。毕竟身体上的欲望是容易饱足的，心

117

理上的欲望才是个无底洞。兴许他们真的相信那些女人是发自内心爱自己的。在这一点上,男人和女人不同。稍有点长相和本事的男人大多喜欢自作多情,总疑心某个女人喜欢自己,哪怕对方已经很讨厌他了,只是没有当面说出来;女人则总是怀疑对方不喜欢自己了,恨不得五分钟听到一次"我爱你"才放心。

杨贵妃爱吃石榴,赏榴花,穿石榴裙。事实上,只要是吃的玩的,没她不爱的:吃荔枝,洗温泉,跳胡旋舞、霓裳羽衣舞,现在又冒出个石榴。可以想象,杨贵妃喝了点酒,脸上有红有白,手摸着自己灼热的胸脯,再穿条石榴裙往榴花下弱弱地一靠……

要是给贵妃画一幅肖像画,应该是这样的:金粉银沙的底色里,一朵未开足的白牡丹。牡丹孤零零地开在园子里没有陪衬是很尴尬的,所谓"光杆牡丹也枉然"。最好的陪衬就是在旁边种几株石榴、海棠。贵妃喜欢的东西都是与她的美相宜的,这是她的最敏锐的本能,对于政局安危她可能相当于一个聋哑人。洗温泉就不要说了;她喜欢吃荔枝,荔枝是种很性感的水果,扒开外面的糙皮,里面又白又嫩,不掐都滴水,十指尖尖的一擎,往舌尖上送;胡旋舞,一种癫狂的、不停旋转的舞蹈,由一个丰肥的女人陪着体重号称三百斤的安禄山跳起来，那种气吞山河的肉感，看惯枯瘦男女舞蹈的现代人是不敢想象的。

一次饮宴中，贵妃见大臣们不给她行礼，便悄悄在玄宗耳边抱怨了一句。玄宗一声令下，从此百官一见贵妃的石榴裙便纷纷拜倒。这就是"拜倒在石榴裙下"的典故，石榴裙也就成了女人的代名词。

贵妃也许并不看重这些虚礼，不过是借此向自己的男人撒个娇，来提醒自己的重要性。玄宗也知道贵妃不看重，一个男人有资格小题大做，尤其是为了女人，自己才显得重要。于是事情就变成这样了。在某种意义上，是玄宗借此向大臣们撒了个娇，向全天下撒了个娇。毫无疑问，晚年的玄宗觉得全天下人都要宠着自己惯着自己。这是很多成功男人的通病，少年稳重老来狂，非但狂，还要吃奶，把自己当老宝宝。

可能是背后太空虚凄苦，才要这样虚张声势地享乐。玄宗一生，真正关爱他的只有高力士一个。平韦后、太平公主之乱；引杨贵妃入宫；劝玄宗以大局为重缢死贵妃，高力士都起了很大的作用。玄宗大半生太平皇帝，到了晚年被儿子幽禁，只有高力士与他相伴。高力士被流放，玄宗很快就死了。玄宗一生有五十多个子女，无数臣子，却只要高力士一人和他葬在一起,两座陵墓今天还在,都很寒酸。

武则天留在世上，今天还能看到的东西也和石榴裙很有关系。有一首她写的《如意娘》:

看朱成碧思纷纷,憔悴支离为忆君。

不信比来常下泪,开箱验取石榴裙。

看起来,有着辉煌事业和无数男宠的武则天,真正的理想是当一个怨妇。在临死前的幽禁岁月里兴许做到了,不过那时候她已经八十来岁了。

法门寺地宫里有唐王朝贵族敬奉给佛骨舍利的宝物:僖宗的成套鎏金茶具,神秘的秘色瓷,古罗马的琉璃。其中最引人瞩目的是武则天的石榴裙一腰:榴花色,上面有金线绣的金莲花,在显微镜下看,金丝是一旋一旋的,云水般舒卷着,之细之精,今天的冶金工艺也达不到。据说,这条裙子身量极大,武则天的腰围也是一等一的,无论从哪个方面看，她都足以称得上是古往今来第一女强人。

再好的裙子也只是条裙子,遮蔽下体之物,她把佛祖当自己的情人了,兴许是男宠。她的裙子,那些男宠手上只怕十条八条都找得出来,早就是送烂了的。在她的心目中却是对佛祖最大的尊敬,就像很多女球迷给贝克汉姆寄去自己的阴毛一样。何况压力大的人需要的发泄也大,自然不会放过这个对佛祖胡来一下的机会。

小时候,我家后面住着个刻字匠。他家的规矩比清朝的衙门还大。每天出门,他穿一条白绵绸裤,青面平底鞋,两手一抄,飘飘荡荡在前面走。他老婆驮着大木桌,黑奴一样弓着身子跟在后面。刻的工具也都在桌子里面。这个情景足以叫满街的人看得骨肉震惊,他们却习以为常。他家里管理森严,并经常向来客炫耀。他儿子在厕所里蹲的时间长了些他都要管,叫女儿去传话,问:"厕所是你的天地,还是你的世界?"语录体的,有大字报的风范。这也是一种人,因为小门小户的活得太随便,所以希望一切都严肃起来。

有一次去花市,里面很冷清,没几个顾客。一个卖花的大姐和过路的老姊妹在闲聊。都是北方最普通的中年妇女,下岗女工的样子。聊得很不投机,不管说什么,另一个人必然反对。还争了起来,拿屁股对着对方,胸口起伏难平,五官拧成一团,躲在层层褶皱里的眼神却是冷的,灰茫茫地看着空处,今后几十年的苦难也都历历在目了。生气归生气,都不走,喘匀了,还要继续争下去。人上了几岁年纪,不如意的事情只会越来越多,加上生活太过平淡,借个无关紧要的由头生生气,发泄一下,潜意识里也是需要的。

两个骑自行车的男人在路边说话, 一点瓜子花生大的事,脖子上的筋一根根鼓起,阴着嗓子,用极其紧张的语气说,好像美国就要打过来了。做大生意的人在一起说话反倒心平气和。

古往今来的人无非就是这样, 剥开外面的一层软皮硬壳,里面都是一样的脆弱可笑。不过,话又说回来,若不是这样,人生也太不可爱了。

解梦

有一次半夜醒来，看时间才三点多。刚做了一个梦，清清楚楚。梦前面好像还有一个梦，就不太记得了。要是没有醒过来，一觉睡到天亮，连连翩翩不知道有多少奇奇怪怪的梦，可惜多数都记不住了。

梦是个很奇妙的东西，比如能预知现实中将要发生的事情。某人明明是初见，却又似曾相识，大概就是在从前的梦里。很多人都有过这样的经验。这个怎么解释呢？梦应该和灵魂差不多，都是一种磁电，生物都有放出磁电和感知磁电的能力，也就是说，假设我们梦见一个人，被梦见的人应该是有感知的，只是世上的人被声色货利所迷，感知力有限，任凭我们怎么梦他想他，也未必知道。灵魂的磁电感知力应该要强得多，梅特林克的《青鸟》里这样描写：死去的人在另一个世界里睡觉，一直睡下去，等待亲人用想念把他们唤醒,他们才有机会见面。

这样有趣的说法我们也有:庄周梦见自己变成了蝴蝶,栩栩而飞,醒来发现一个僵卧在床上的自己。他说,不知道是庄周做梦变成了蝴蝶,还是蝴蝶做梦变成了庄周呢?也许都是,物我同化了吧。还有苏东坡,夜游赤壁,一只鹤从他的船头掠过。晚上做梦有个道士问他玩得高兴吗?苏东坡问这道士是谁?那道士低头不答。苏东坡猛的明白过来,说道士就是那只鹤。道士听完笑了。苏东坡于是惊醒,开门一看,那道士已不知去向。这是继庄子之后写梦写得最好的。

相比而言,人生是不如梦的,梦太自由了,想去哪就去哪,想见谁就见谁;可以一夜就是一生,也可以把某个快乐的片刻无限延长;还能做现实中不能做不敢做的事。现代心理学研究,最长的梦也不过五秒钟,一般也就是两三秒。五秒钟就能梦见那么多事情,简直是思维的"黑洞"。"黄粱一梦"那个人在梦里经历完整的一生,由贫及富还做了宰相,难道只是五秒钟内发生的?以前只是说神仙方七日世上已千年,看来梦中也是如此。这么说来,和梦相比,现实的人生简直贫乏得不值一提了。

上帝造人,最仁慈的设计就是造了梦。天地间唯有人朝朝愁苦日日劳烦,那么多欲望,若梦里不能实现,都在现实中实现,这个世界岂不是更加肮脏可怕?梦是世上唯一不能被剥夺的东西,哪怕是一个植物人。梦也是世上唯一不能被定罪的行为,思想犯是有的。人类追求自由,哪里有真正的自由呢?真正的自由大概只有在梦里吧。

有人说,梦是假的。那什么又是真的呢?世上的事,过去了就过去了,又能留下什么?所谓时光一去永不回,梦还可以反复地做,现实中过去了的就永远没有了。又好比春梦,春梦才是最痛快淋漓的性爱,现实中反倒有种种不近人情之处。我们的性觉醒都是从春梦开始的。在文人的笔下,于正式的仙班之外还有一个春梦婆,专司春梦之职。《牡丹亭》里将这个职务归给花神,负责杜丽娘和柳梦梅的春梦的就是花神。

假托春梦写性爱是文人的惯技。几千年来,无数的文学作品都与春梦有关。"云雨"是性爱的代名词,出处便是一场春梦:楚王游云梦之台,梦见一个女子自荐枕席。欢会后,那女子自称"巫山之女","旦为朝云、暮为行雨"。早上起来,那女子已经渺无踪迹,只有满峡的云雨朝朝暮暮散了又聚聚了又散。

这个故事的模式后来延续了下去，《洛神赋》是其中最有名的。曹植行至洛水畔，在车上小憩，恍惚中见到了洛水之神。和楚襄王不同的是，曹植发乎情止乎礼，偏于精神恋爱，他迷醉的是洛神的仪容。这篇文章之所以被后世推崇，是因为对女子仪态的描写达到了极致，"明眸善睐"，"气若幽兰"，"翩若惊鸿、婉若游龙"，"肩若削成、腰如约素"，"凌波微步、罗袜生尘"之类的滥觞都出自这里。可以说，《洛神赋》之后，写女人的美已经写不出什么新鲜的来了。后来那些魏晋游仙故事里的女主角，引浆捶衣铺床扫地，已和凡间女子无异。

《聊斋志异》里遇狐遇妖，也无非是一个个春梦。赶路的穷书生走到荒郊野外，忽见繁华的城池富丽的庭院，享受完美食美人后醒来，依然是破庙和空空的肚子。古代的读书人，无论是赶考还是做官，总是要走漫长的旅途，旅途中的人是最容易孤独的，所以需要这种公路片加情色片的故事模式。

整部《红楼梦》是一个春梦套着另一个春梦。天上是太虚幻境，人间是大观园，还有幻形入世的补天之石，西方灵河岸边的绛珠神瑛。太虚幻境里面的管理者叫警幻仙姑，比春梦婆和花神的职权还大，不仅承担起性启蒙的责任，还专司人世间的风情月债。人世间那些多情种子，死后既不升天界，更不堕地狱，都归入太虚幻境做神仙。《红楼梦》不仅是部封建社会的百科全书，更是古往今来最大的一个春梦博物馆。

若将我们过去最天才的文学灵感连接起来，简直就是一部春梦史。中医上说，多梦是因为心虚血虚，少梦的人身体好，还有不做梦的。我宁可身体差些，也不羡慕不做梦的人，会少了多少经历和乐趣。

梦也有不如人生的地方，比如梦是黑白的，或者只有些灰薄的色彩，像老照片，很少有彩色的梦，梦里也很少有晴朗的白天，夜晚最多，其次是阴雨天。所以老戏里有这么一句套词："青天白日，如何是梦?"还有，梦里不会痛。比如梦见被人打，梦见从高处掉下来，都是不痛的，只这一条又可以把梦的缺点抵消掉。

有没有永远做，醒来永远记不住的梦？应该是有的。原来梦见过的，后来又梦见，在梦里追忆起从前的梦来，杳杳冥冥，一样会有悲欢唏嘘身世之叹。那里面简直是一个独立的时空。也许从那里面看现实世界，现实世界才是梦也未可知，科学家不是说了吗，所谓的物质世界也只是一个幻象，又说宇宙只是上帝的一闪念。兴许我们都"反认他乡是故乡"了。其实也无所谓了,何必非要分出个彼此呢,人生在世,真也好幻也好心也好物也好,说到底不就是脑子里的一团乱梦吗?

中国画里的人

有人说,中国画画人是外行。在熟悉中国文化的人眼里,这句话可能不是什么大不了的贬低,因为中国文化的特点就是重外行轻内行。从前的画家有记载的差不多都是外行,正业是仕宦。诗人也是,杜甫留下一千多首诗,首先要感谢他大半生的失业生涯。整个中国文化,基本上就是外行建筑起来的。靠画画混饭吃的所谓内行我们称"工匠",不是个尊敬的称谓。医生也是。《红楼梦》里秦可卿病入膏肓之时,冯紫英郑重推荐的就是个业余医生,看完病,贾珍还赞他:"原不是那等混饭吃久惯行医的人。"中国画不重视人物倒是真的,所有的情感都倾注到了山水上,在大片的山水之中,人物通常只是蝼蚁。

出土的最早的绘画作品是战国时期的,一幅用来引导死者灵魂升天的铭旌,名字叫《人物龙凤帛画》。说是人物画,属于人的部分只是一笔勾画的侧脸轮廓,衣裙和天上的龙凤则远远大于她的身体。就这一笔,里面也是有"人"的。高额、尖紧的下巴,脸中间则有些凹,应该是个地位很高的贵族女子。她们通常是初看还算端正,细看则哪里都不舒服:牙齿虽整齐,却有些往里瘪;大而空洞的眼睛略呈三角形,看人的时候一定很恐怖,显然她曾经受过很大的惊吓。无数卑贱的人仰望着她,而她的问题却只有神灵才能解决得了,这本身就是一种巨大的恐怖。她略往上方伸的双手想抓住凤凰的脚,眼睛却是往下方看的——龙与凤只在她的冥想里。若有关于她的传说,一定是一个倾国倾城的女子,放到现在则是很典型的中学优等生的长相:苍白的皮肤,大而厚的眼镜片,永远带着被人从噩梦中猛然摇醒的表情。好比阮玲玉,若没有影像留下来,还不知道被后人说成怎样的绝色,事实上她最多算是个略具姿色的邻家娘姨,常回娘家掉眼泪的。

六朝时期人物画还比较多,唐以后基本上就是山水画的天下了。如果说春秋战国文化的落脚点是社会,六朝则是人欲。东晋顾恺之的《洛神赋图》是古今最被称颂的名画,画的内容取材于曹植的《洛神赋》,古今最有才气的名篇。画中的洛神没什么,无非是一个普遍标准的美女:

细颈、白肤、容长脸，欲前不前时回顾的姿态还比较动人。就这个姿态，影响了近两千年，后世画女人多数是这个造型，艺术上想独创可见其难。曹植的形象着实超出了人的想象：皮松肉懒，软塌塌的，比你见过的任何奶油小生都更像奶油；在侍从的搀扶下似乎刚从高干病房出来；腰身有些发福了，腰带系得高高的，若给他穿上西装，一定是现今常见的官僚形象，两头小，中间大，扎得太紧的船粽。从文学上的印象来说，曹植应该是个少年，英武的脸上长着双细长秀气的眼睛，好酒而多情。"高树多悲风，海水扬其波。利剑不在掌，结友何须多。"——何等的少年意气。

和他相比，李白至多算是个轻狂的中年人，再豪放，疏发乱飞，口沫四溅，不再能吸引异性，最多吸引几个理想主义的文学女青年。杜甫是最经典的腐儒形象，六十来岁了，老而寒酸，拈着几粒霉润的炒豆子眯着眼睛倚在门口看路。论年纪，杜甫比李白还小十几岁，属于晚生辈。艺术上的东西没有道理可讲，顾恺之画曹植，也不能超出他那个崇尚男性阴柔美的时代。那时，文人若想标新立异，只有去打铁。演奏《广陵散》的嵇康就打过铁。

以辩才著称的菩萨维摩诘在敦煌壁画《维摩诘经变》里有着微向外翻的湿润的红嘴唇，是保养得好的老中医；

131

一双阴阳眼,眼皮长,松弛状态下便能遮住一多半眼睛,像老舍笔下旧社会的男媒人张大哥，显得格外的有生活经验。平心而论,他是典型的粗人的长相,大颧骨、粗脖子、佝偻的肩背。前半生是受苦的，磨难使他成了常识的结晶,也成就了他的佛性。后人描绘的维摩诘往往只有仙气,没有人的成分,也就不那么可信。

后世最有神仙味的神仙不是那些庄穆的塑像，而是南宋梁楷的《泼墨仙人图》。糊糊涂涂的一摊墨,怎么看都只是一个迷糊的小老头,老成了一堆,袒着肚子,看不出是坐是站是睡是醒,似笑非笑的顽皮的神态,额头占去了脸的大部分面积,眉眼口鼻像包子上的褶,稀里糊涂的攒成了一团,分不出彼此,兴许是退化了。人有五官才能感知什么是"我";有了"我"就能分出什么是"我的",什么是"你的",人就不快乐了。《黄帝内经》上说,上古的人大多能活过百岁，那时候私有财产还没有出现。后来越来越烦恼,情志内伤,再好的医药也不济事,病夭的就多了。五官若真能退化,不用苦修,不用度化,自然就是神仙。

五代周文矩的《重屏会棋图》画的是南唐中主李璟和他三个兄弟下棋的情景。他们缓和、从容、表情恬淡,完全是最合理想的中国人。宫廷当中有如此温馨的居家场景,古往今来也只见过这一幕。他们后面有一架屏风,屏风里画的是一个满脸络腮胡子的男人喝醉了,他的妻子在替他摘帽子,婢女抱褥而来,也是很温馨的场景。屏风里还画着一个屏风,绘有山水,这就是"重屏"二字的由来。一般说来,屏风上书写的都是和人生理想有关的东西,比如梅兰竹菊,江山红日。作为一个乱世的皇帝,居然如此的没有野心,他的理想于切实的人生之外还是切实的人生,难怪他会教出李煜那样的儿子。

明代戴进的《风雨归舟图》是写雨景的极品,点睛之笔却是里面小得像石子一样的几个人,这是中国画的惯技。过路的雨,被斜冲下来的山风刮碎在山前,变成了雾。一艘小舟在画的底部,已经有一半驶出画面。正中的溪桥上一对年老的夫妻共擎着一把伞,漫天的山雨从后方紧压过来,使他们看上去更弓更小。就这扶持着的一弓身,本来凄冷的画面温暖了起来。他们本是普通的农人,一辈子在一处残山剩水的地方静静地出生,静静地死去,连邻居都不大能记起他们的样子。时间一长,他们自己都不太记得还有这样的一个下午:初夏的急雨,不凉,难得有这样的雨景,老两口便都故意慢慢地走,谁也没有说破,事后也再没有提起……

这幅画技术上的精妙在于对雨的描绘，只用局部的若隐若现的山和风中的植物便暗示出了雨雾的存在，暗示得那么明晰具体，使人忍不住去看雨雾到底是怎样画出来的，而画绢上什么都没有，只有微微的山痕和绢的本色。

若从西洋绘画所谓"科学方法"的角度来看，中国画是经不起推敲的。技巧的科学性，这个提法在现在的艺术院校很普遍，甚至作为教学的第一标准。怎么说呢，科学与艺术原本就是两回事。齐白石的虾能活生生地从纸上蹦下来，这个技巧只属于他个人，很难作为科学常识到处普及。毕加索很崇拜齐白石，他认为这个世界上，艺术首先是在中国。他曾经对张大千说："这么多年来，我常常感到莫名其妙，为什么有那么多中国人乃至东方人到巴黎来学艺术，中国画很神奇，齐白石没有画水，却让人看到了江河，嗅到了水的清香。"

中国的绘画代表着中国最高的艺术成就，这已是公论。没有比中国人更喜爱绘画的了，它几乎是每一个文人必备的技能。女子读书作文会受到非议，而能画上几笔却被认为是一件风雅的事。马可·波罗来中国后写道，他从没见过这样的帝国，庞大、富饶，却没有丝毫的掠夺扩张之心，人们只把全部的精力用于营造生活中的美，这里有世上最精美的瓷器、丝织品、绘画、戏剧。现在看来，中国自唐以来这超级稳定的一千多年依然是最理想的社会。混乱和残暴只是暂时的，小范围的，最多也就几十年，大多数人尽可以躲在历史的褶皱里做他们的安乐梦。他们敬天爱地，有着历史最悠久的环保观念，春天万物生长是不许随意伐薪渔猎的，采矿历来就受到严格的限制。据说黄帝打蚩尤的理由第一条就是蚩尤破坏阴阳五行，用今天的话说就是破坏环境。朱棣在武当山上修建庞大的宫观，原则只有一条，破坏山的本体则不修，于是造就了武当无数鬼斧神工的建筑。英法联军焚毁圆明园前，发现一间屋子里陈列着世界上最好的枪械，那是咸丰皇帝的玩具，不是不知，而是不为。

"天"是封建社会的至高准则，皇帝下圣旨也是"奉天承运"。中国人自古就认为天地是有生命的，有高高在上的神力，人向天地的索取只能是生存所需。任意开采是逆天而行，上天将降灾于那个自称是天子的皇帝，甚至直接用雷电或疾病处罚。这也是他们抑制工商之类人为机巧的理论基础。

今天的商业文明纵有千般好，却是建立在被广泛煽

135

动起来的物质欲望上的，只这一条就足以把地球毁掉。我们生活在人类这个脓疮破溃前最绚烂的时期，在这样的绚烂里我们依然是不快乐的。

雾公子

前不久，在一部写春秋战国的剧本里看到这样一场戏：渔翁渡一个公子过河，临别也不问姓名，渔翁只看了看天上的雾对公子说，我就叫你"雾公子"吧。

虽说是虚构的情节，我却愿意相信是真的。这种相信也不是毫无根据，日本人姓"渡边"、"松岛"、"岩井"，都是地名，大概是徐福东渡时把先秦人因时因地命名的习惯带了过去，可见生活中到处都有历史的蛛丝马迹，比那些文字上的记载更明白。

"雾公子"三个字勾起我小时候的一些回忆来。那时家里喜欢逼着我早上起来跑步，通常是起不来的，若是有雾的早上，便能自己爬起来，跑到河边玩到雾散才回家。没有比雾和阳光此消彼长更奇幻的了，浓雾里很安静，阳光忽明忽暗地透进来，人像在水底。

上个月在湖南,没书看,翻李白翻出一句"上有无花之古树,下有伤心之春草。"顿时无比的神往,长这么大还没见过老到不开花的树。印象里最老的树是小学爬云山在半山腰上看到的,往下插入黑霭沉沉的深谷,往上消失在半云半雨的山雾中,上下都看不到那棵树的尽头。极高处隐约有一个硕大无比的柚子,只有一个,可能是树太老了,已经结不出太多的果子来了——有果就有花,算不得"无花之古树"。时隔二十多年,不知道它有没有老到开不出花来。

一念至此,便出了门,拦了辆摩托车,沿新修的进山公路上了云山。一千多米高的主峰,上下爬一趟不太现实,坐车上去再走下来应该不至于太累。结果当然是没有意外的,那棵柚子树没有找到。

在离峰顶不远的地方看到几株巨大无比的水青冈,怪兽一般佝偻着,遍身霉锈,枝条很瘦小,像长在一堆岩石上,不过也不能确定它是不是老到不能开花。

山里的竹子春水般寒绿,在野阴杂花间劈出极澄明的一片,高大不说,遍身腻白的细毛,摸着像天鹅绒。平地上只有刚生出来的竹子才有这样的绒毛。

一方裸露的巨石,怕有十几米高,被一条古藤整个霸占着。藤条有桶粗,蜿蜒的质感却像蚯蚓,针脚般紧箍箍地锁扎上去,是上天在山的破损处打了一个补丁。上面的叶子凶腾腾地跌散下来,有惊风密雨、大泽龙蛇的气势。岩石上深罅浅沟揭裂鳞落,风侵雨蚀了何止万年,若不是这条古藤,只怕早已崩塌。

藤和树永远是老的好看,人是年少的漂亮。可不知道为什么,遍地都是老人,却很难看到老树,大概是还没等到老就被砍伐了。当初上帝造万物的时候若是把规矩反过来,生下来就是老的,慢慢变成少年、婴儿、回到生命之初的微尘里去,这个世界会不会比现在美好些?不知道,对人而言兴许是要美好些吧,最有金钱阅历的六七十岁,外貌和体质相当于十六七,正青春年少,那将是怎样的赫赫扬扬、豪艳浮浪。至少红颜薄命的话不会再有了,白居易也不会有"耳目聋暗后,堂上调丝竹;牙齿缺落时,盘中堆酒肉。""少壮与荣华,相避如寒燠。"之类的感慨。

半生劳役好不容易有了些物质上的储备,有了让异性倾心的资本,人却老了,打麻将熬不起夜不说,别人纵然肯爱你也未必是真心的。对于女人,鸡皮白发,纵然满身珠光也没有美貌可以彰显;若无满身珠光,便更是黯黯穷途。想想,这一生真没什么可盼望的了。

若万物还能被重新创造,建议先老后少吧。渐渐年幼、动物化,没有思想,不会悲观,不会担心下一代,也不会恐惧死亡。至于那个衰老残败的早期,索性就全用来学习工作,因为有盼望,也很快就能熬过去。这样就全程都美好了。

也谈几句红楼

几年前就想写一本关于《红楼梦》的书。总也没办法开头，想法太多，千头万绪，不知从哪里下手。又怕万一动了手，拿不出整块的时间来写，把情绪白白耗掉。又想过几年等想法成熟些再说。都是推诿，我知道，存着这些个想头很可能一辈子也写不成。

后来有人找我写《黛玉传》。很兴奋，计划先写剧本，据脂批的提示，对照人物的性格走向和真实的人情世故补出残失的情节。拍摄的时候就跟着，一边做活字典随时备剧组查阅，一边写这本书。哪怕豁出两三年不做别的事也是值的，重要的是会很快乐。

所以曹雪芹说世事总是"美中不足，好事多魔"，按说做了这么多年电视剧不至于预料不到，但就是没有去预料。剧本写完后先被修缮了一遍，台词改成了啰里啰唆的电视剧腔,说怕观众听不懂。曹雪芹的语言人物都被糟蹋得不堪,别说我织补的部分。拍摄时,剧组为了进度,一应都不想讲究,自然是不需要顾问的。

他们有他们的想法,这毕竟是个商业行为,本无对错可言。只是这本书兴致勃勃地起了个头,一盆冷水浇了头,便再没有心情写下去了。

近日又打开那几千字,虽说没什么高见,也缺少头绪,还有几句真实的感想,摘了几段录在下面,先存着吧,以后有心情再续下去。

《红楼梦》正文之前有一篇《凡例》,现今的版本多不收录。里面有一首诗,前四句是这样:

浮生着甚苦奔忙,盛世华筵终散场。
悲喜千般同幻渺,古今一梦尽荒唐……

书中有很多点题之处,都是这一类的话,可见是作者的初衷了。

《红楼梦》的开头有些纷乱,尤其第一回。先说自己半生的遭际,"当日所有之女子"如何如何;然后从仙界说到人间,女娲顽石、绛珠神瑛、僧道携石头历世等等,多线并行;再是甄士隐贾雨村;收在一首《好了歌》上。

这些还只是个大概,其间还夹杂着很多可供索隐、考证、探佚的信息量。只能用八个字形容:大奇大幻、千门万户。曹雪芹之所以天才,就在于他懂得太多。里面贯通了天地,说出来便似胡言乱语了。

或者曹雪芹动笔之前是狂乱压抑的,临近崩溃。他构思得太复杂,正反都要有喻,为此积蓄的情感也太多,如同深陷在一片密林里,总觉得有路,又看不见。等不是办法,走也不是办法,试探了太多次,终于没了耐性,于是强迫自己开始写。逢山开路,摧枯拉朽,写着写着就成了这个样子。

都设计好了再来写,就不是《红楼梦》了。

应该不是按顺序写的,偶尔回忆起某人某事,或灵感一闪就写一段,过后再来连缀。

读《红楼梦》常有这样一种心情:冬日的早晨醒来,在寒凉的空气里回忆梦境,怅惘而愉悦。想来作者写的时候也是这种心情。

太由衷了,非有大郁积大伤感的人不能写。

读《红楼梦》先不要搞复杂。索隐说重要也不重要——如果有人指月亮给我们看,我们却只注意指向月亮的手指,那就太遗憾了。古人做小说不像现在,他们没有风格流派哲理上的野心,却有"人生到此,话已说尽"的情感浓度。《三国演义》把谋略说尽了,《水浒传》把义气说尽了,《金瓶梅》把肉欲说尽了。曹公一上来,就表明"大旨谈情"。据周汝昌考证,贾宝玉后来归入太虚幻境,走之前只带走一份"情榜",上面记载着他生命里有过的所有女子,这是他认为世间唯一值得带走的东西。说到底就是要把"情"字说尽。创作上写"情"最难,既然作者"大旨谈情",读者只需把个人的生命体验代入进去,就是最好的读者,任何专家都指导和替代不了你。如此说来,世上谁又能做教别人怎么读《红楼梦》的专家呢?

有一次去公园,见僻静处的长凳上坐着一对中年的夫妻,不说话,只是靠在对方身上,闭着眼睛,极慢且同步地缓缓摇着。难得见到这样温馨的场面。他们此刻一定是明白对方的心的,任何语言都是多余。

读《红楼梦》也要有这样一种简单的默契,不管里面有多深刻,对于文学来说,深刻不是目的,文学家替代不了也没必要替代思想家。曹公就反对这个,《红楼梦》里处处流露出重"情"轻"理"的立场。读者只要把心贴上去就够了,就能一击两鸣,好的作家喜欢的也是这种以心换心的读者。

甄士隐头天晚上赠银衣助雨村上京赶考,雨村的反应是"不过略谢一语,并不介意,仍旧吃酒谈笑。"第二天清早,甄士隐去找他时,他已进京了。都不等天亮,更不来面辞一下。到底"介意"还是不"介意",急还是不急呢?作者不说,于无声处听惊雷。

"雨村最赞这冷子兴是个有作为大本领的人。""赞"字好,可见是口头上的夸奖,场面上的恭维话,不是心里的。贾雨村在官场尚且恃才侮上,何况冷子兴这等闲杂人。旧小说里的小字眼儿往往精准无比。

通观《红楼梦》里小姐公子们的诗词,内容无非春风亭台秋雨楼阁,只黛玉有一句"一畦出韭绿,十里稻花香。"就连自号"稻香老农"的李纨和喜谈桑麻的探春也没有这样的句子。黛玉两次从扬州来回,路上自然是见过稻田菜地的。曹公体察人物内心之深之广,可谓以百当一。黛玉是唯一曾经离乱之人,也有过旅行的经历,不可以只用"小性子"去揣度她。

前半部的黛玉小性子,后半部的黛玉却很大气。分水岭是宝玉对黛玉说出了"你放心"三个字。女孩小性子往往是因为男孩子的情商低,不能懂得她的心事。她又不愿意说出来,因为要来的幸福不是幸福。当宝玉真体察到了黛玉的内心,说黛玉的病是从不放心上得的,此后黛玉一反常态,不但很少和宝玉吵架,还颇显大度的本色。比如对宝钗这个情敌变得大度,连宝玉都奇怪她们是几时"孟光接了梁鸿案"。又如芦雪庭一回,众人想要妙玉庵里的梅花,偏要宝玉去折,这是打趣妙玉与宝玉有暧昧。黛玉听见不但不恼,反给宝玉斟酒,又要宝玉独自去,说"有了人反不得了。"这性格很现代,完全是大气的文艺范女孩子的做派。

　　元宵夜宴一回，宝玉给众人斟酒，众人都喝了，偏黛玉不喝，当着众多亲戚的面，手持酒杯放在宝玉唇边，要宝玉替自己喝了。这个动作，放在今天尚且显着暧昧，在当时无异于当众接了个吻。所以凤姐才会一语双关地提醒"宝玉别喝冷酒。"也才有后面贾母愤愤地借批书大发议论，说真正的大户人家绝无小姐淫奔之事，既替黛玉堵众人之口，又敲了黛玉的警钟。这个过激的动作，黛玉有急于在宝玉头上盖上自己的印章之嫌，用自毁来赌气，也许她心里真的预感到和宝玉的终身之事无望了。

　　即便无望，黛玉也自有一股豪气，"愿侬此日生双翼，随花飞到天尽头。天尽头，何处有香丘？""何处秋窗无风入，何处秋院无雨声。"女孩子的闺怨词里能有这样昂首问天的格局，古今少见。可惜历来对黛玉的印象和评价大多只停留在前半部书，后半部则被忽略了。

　　《红楼梦》写最繁盛欢庆的场景时，总让人感觉到有命运隐隐的脚步声。这个和弦怎么做出来的？没法一语道破。这是曹雪芹独有的笔法。唐以前的诗歌还有类似这样的意境,唐以后就少了。

展现在读者眼前的贾府是个华丽的贵妇,在众人的奉承声中微微含笑,无比尊贵。猛然想起,她已是一个绝症患者了——开篇借冷子兴之口说过,贾府的衰败已不可挽回,"百足之虫,死而不僵"而已。这种笔调极不易察觉,猛然领会时,会觉得有条蛇在后背爬。这正是契诃夫最推崇的写法——"疼也不要叫出声来。"

全书的主要篇章是在写大观园,极尽青春唯美。这朵纯美无比的花竟是开在一棵已经被砍倒的树上——用死亡和衰败为青春烂漫做底,不这样,曹公也不能尽其才。

…………

中 卷

最后一夜

红灯将灭酒也醒,此刻该向它告别,曲终人散最
后一瞥,最后一夜

这几句歌词让我想起从前和香港人在一起工作的日
子。香港影视圈的人,生活方式惊人的一致,一到晚上酒
吧KTV,而且要通宵。一间大包厢,固定人口是十几个的
话,流动人口可以是几十,甚至上百。过了十二点,只要一
打电话,就会发现好多朋友都在同一家KTV,一传十、十传
百,于是大家开始串门。有时哗啦啦进来十几个,乱介绍
一通,敬一圈酒,没几分钟就全走了。上一次酒,红的白的
啤的,两三个茶几,一望无际,很快就没了。认识不认识
的,都热络得不得了,你看着我,我瞄着你,眉梢眼底全是
情意。第二天碰见就跟不认识一样——不是逢场作戏,而

151

是灯太暗人太多,哪里记得住。

喝多了骚扰的打架的,什么事情都有可能发生。真闹大了,大家也不会当真,劝一劝,喝杯酒也就过去了。到了后半夜,混乱已经过去,电视机空闪着,大家瘫的瘫倒的倒。终于有一个人鼓起勇气提议"走吧",如果已到了早晨六七点,这句话十之八九还是能生效的。大家便摇摇晃晃地站起来,一个个面色惨灰,搀扶着往外走去,像刚从飞机失事的现场营救出来的。看着外面的晨光,都无一例外地带着极厌恶极不愉快的表情,不知道是厌恶离去还是厌恶刚刚过去的一夜,总之,是连招呼都不愿打就各自上了车。

上了出租车,才真正感觉到疲倦,很脏很绝望的疲倦。早高峰已经来临,车越堵越厉害,到家的路还很漫长。尤其是冬天,隔着车窗,看着灰黑的晨雾、奄奄一息的街灯,就会有"最后一瞥"、"最后一夜"的心情。不止一次的发过誓,再不过这种夜生活了,可第二天电话一来,又精神抖擞地出去了。

凡事无非是个习惯,那几年,一到晚上若不出去喝酒,就会胸口憋闷,上不来气,浑身撑扯不开,手都会颤。现在,偶尔出去应酬一下,过了十点就想回家。就算喝点酒,轻易也不会太兴奋。一个星期不出门，只要有东西写有书看，也不会觉得有什么。

香港临海，和内地隔绝几十年，真正的孤岛，城市狭窄，住房紧张，造成了生活方式的极端都市化。都市生活其实是最无聊的，除了酒吧歌厅没什么消遣的地方。他们的电视剧永远在写字楼里打转。窗户外面就是别人家的窗户，乘凉在天台上。天台是发生爱情的地方，这是他们的电影里常见的情节。至于那片轮船集装箱的海港似乎引不起他们的兴趣。外国的明信片，穿比基尼的美女站在海滩边，细白的沙明蓝的天。香港的明信片，穿比基尼的美女横卧在落地窗前，窗外是香港的夜景。二十世纪八十年代，家家户户的挂历上都有这个，是那时的内地人对香港的全部认识。

在电影的主题上，"最后一夜"的情结几乎可以概括香港所有的电影。他们拍厌倦江湖的大侠，拍即将退休的警员和黑社会大哥，拍过气的风尘女子，拍欢场背后的绝望和落寞，无人能及。台上的张国荣，看观众的眼神永远像是"最后一瞥"，加上他的性取向，很多人疯狂地迷他。

有一回，出席一个老人的八十大寿，寿星对拜寿的人似乎并不关心，只是独自背手站在角落里看着酒店里那些新式陈设,一看好久,然后又换个地方继续看。那样子不像一个寿星,倒像街头无聊驻足的老人。这才是真正的最后一瞥,没什么不得了的姿态,也无甚悲喜,更像是一个局外人。

　　电影总是把一切拍得过于美好,哪怕是单调的日常生活。在美好的事物面前会不安多过舒适,难以长久相处,所以电影都是短的,电视剧才可以几十上百集。上海滩最美的女人,除了胡蝶、周璇,还有言慧珠。她是当时最红的坤伶,在舞台上扮杨贵妃、虞姬、洛神;生活中高挑丰满,身材像外国人。几个太太在麻将桌上说她胸是垫的,被她听见,当场脱去外衣,让大家验个明白。就这样一个性格爽朗的人,竟然是有自杀情结的。"文革"的时候,她用一双丝袜把自己吊死在洗手间是因为政治迫害,其实她在珠宝裘皮的日子里也自杀过,兴许她的美已经到了令自己都不安的地步了。美本身就意味着不牢固,一旦拥有不免会有"最后一夜"的危机感。美好的东西,得不到没关系,得到了再失去,人生便会滑入灰暗,所以美都是悲剧的,一切美好的体验到了极处也会不由自主地想到毁灭,要不怎么有那么多男女殉情呢?假设张国荣是因为自己的美而自杀的,他不是第一个,至少言慧珠要比他早得多。清代张潮说:"才子而美姿容,佳人而工著作,断不能永年。"在近几十年,恐怕也只能找出这二位来做注解了。

话虽这样说,和金钱和权力相比,美还是要牢固得多,保值得多。明亡清兴六十年,那么多英雄人物,大家说不上来几个,陈圆圆、李香君大家却记住了。事实上,她们到底有多美,在政治上起了多少作用,还难有定论。哪怕是虚构,《白蛇传》里的西湖借伞,《西厢记》里的隔墙传情,世人看了几百年。中央台戏曲频道那个美轮美奂的水墨动画宣传片,用的就是这两个场面。

能让"美"相形见绌的只有"真"。艺术难就难在这一点上:美比不过真;激情比不过含蓄;复杂比不过简单。

香港的艺术有好的包装,能最大限度地撩动人的欲望,在一个"真"字上还是太浅,做到极致也就是流行歌的歌词。岂止香港,任何地域,真正通彻人生的作品,一百年有个一两部就算是丰收了。清代也只有一部《红楼梦》。上世纪美国田纳西·威廉斯的戏剧,如《玻璃动物园》,《欲望号街车》也算得上,如今的美国电影人进去偷个一鳞半爪出来,就不难得个奥斯卡。

古人用紫檀是节俭

梁实秋的祖母在杭州城住了一辈子，没去过西湖，过世后被人抬着才路过了一回。有一个安徽的朋友，全国都玩遍了，唯独没去过黄山，这次为了接待我才头回去。舍近求远的毛病我也有，到处看文化遗迹，紧邻紫檀博物馆住了五年，却一次没进去过。昨天终于溜溜达达地去了，还忘了戴眼镜，也好，现代人的局限正在于用眼过度，正好可以少用眼睛多用心。

对于鉴赏紫檀我完全是个外行，外行的好处在于可以一日千里的进步；真成了大家，想进一寸都难，退起步来倒不难一日千里。所以，在紫檀宫里这么粗粗转了一圈，立刻学到了好些门道——

第一，明式的紫檀家具简洁；又是海水纹又是云龙纹，镶象牙镶螺钿的大多是清朝的。

第二,乌沉沉的一大块材料,看起来浑然一体,其实是碎木拼接的。早就没有整块的板材了。博物馆里陈列的紫檀乌木的原木,拳头粗的一截,中间就已经空了,颜色灰黑夹杂,不是每一寸都能用。

第三,色浅偏黄的是黄花梨,明朝人喜欢,不那么富贵气,士大夫家里常有一堂清朗的黄花梨家具,现代人也喜欢,据说市面上的价钱比紫檀还贵,大概是因为颜色浅好搭配现代的装修。

紫檀最常见的纹饰是龙凤云水花木。细看都很勉强,波浪像鸡爪一样,云还带棱角,压扁了的剪纸。紫檀的质地是至厚至圆至沉的,实在不适合雕刻这些变化多端的东西。

如果雕刻的对象同时具有安静和线条简洁两样特征的话,就会极有神韵。比如在一个透雕的月洞门上看到的仙鹤的脖颈和梅花鹿的臀部,柔圆而有弹性,没有尘杂气,让人相信是食风露灵芝长大的。雕佛像的面部也很好,玉石般的脸,斜飞上去的眼睛,拈花微笑,端凝宝相。龙的躯干也还可以,因为是几个大的圆弧组成。凤就不行了,太复杂了,怎么雕都呆板,像剧组里的道具,只能拍远景。

最赏心悦目的是圈手椅的圈手。圆圆的极舒适地抱过来,石子落在水里漾出的波纹,不等抱住又向两边斜飞出去,顺势带出两个小圆圈。圆融到了极点,仿佛水滴在上面能慢慢流至末端,聚而不堕。最不可思议的是,这么完美的线条是用碎木拼接起来的,凑近能看到许多细密的接痕——兴许不是什么复杂的工艺,因为这种椅子很常见,内行别笑我,我是觉得鬼斧神工叹为观止了。

博物馆里有很多新打造的巨制,摆在显要的位置,据说都是空前的创举。有喜欢的,也有不喜欢的。比如按一比五的比例造的故宫角楼就很好。北京古建筑端凝厚重的风格很适合用紫檀来表现。用檀木雕的《清明上河图》,好多块,组雕,单独一个展厅来摆,这就不能看了,河水的纹理像一团团粉丝;松树像糖浇出来的,黏黏糊糊,小孩子拿在手上舍不得吃,天热,立刻就会化;石头没有嶙峋感,像手撕饼;画里最为人称道的那些千姿百态的市井人物,表情也单一得很,只会眯眯笑,脸形偏饱满,前世都是和尚。不是工艺水平不高,应该都是顶级的工匠,只是不符合紫檀的特性,一寸檀一寸金,让人觉得像逛了个副食店,白瞎了这么多好材料。

展厅里有两个明式乌木小件很惹人喜爱。一个榇门柜格,一个多宝格。很家常,没有花纹和刻意的造型,只是细细的圆柱子一格格排起来。形态端凝，气质却很轻柔，阴阳融合得恰到好处，透着一种不可言传的美。与其说像木，不如说像瞳仁，像水，静止的深潭古井水。远远看见，就会不由自主地朝它们走去；走到近前，只觉得呼吸都变慢了。据《黄帝内经》上的记载：上古之人的呼吸平均六秒钟一次。今人的呼吸二三秒钟一次，快了一倍多，所以身体消耗得快，秃顶发福老年病都在提前。古人很聪明，无处不在养生，这种素朴柔和的檀木家具的确有调整呼吸的作用。如今的家居颜色太杂，红蓝粉绿什么都有，躁动得很，新婚夫妻住进去，免不了要天天吵架的。

在外国人眼中，静谧的风格更代表东方。西方的艺术家创作靠激情，从前的东方艺术家创作靠入静。中国的大艺术家好多都是僧人，文人也经常参禅打坐。紫檀的美也正在于此，是宁静致远、是大美不言、是惜福养生。堪与紫檀的质地类比的只有玉。于是这两样异域人眼中不值钱的东西，在中国成了奢侈品。

古人崇尚紫檀，看似奢侈，其实不然。一件家具世世代代用上几百年，还能增值，既是节俭，又是投资。花几十万装修，十年八年后过时了又重装一遍，如今是很普遍的事，简直是酒池肉林商纣王。相比而言，紫檀虽昂贵些又算得了什么呢？

　　有个朋友家，吧台、罗马柱、西式吊顶、中式隔断，密不透风，几无容脚之处。别人笑他俗，他说他也不喜欢，不过是因为时兴这样。若想让消费者为既不喜欢，又没有实际用途的东西花大价钱，只有时尚这一个理由了。人类为自由斗争了几千年，到头来又成了时尚的奴隶。

　　现在的人生活在时尚里，没有恒定的审美，所以短视、只顾眼前。身边没有一件靠得住的东西，又觉得空落落的，所以近些年又时兴起硬木家具来。不过绝大多数是假的，做了个紫檀的纹色，里面不知道是什么木材。据说，世界上的紫檀，明朝已经差不多采完，清朝再去南洋采，就只剩些又细又弯，不成材的了。外国人一直以为世界上不可能有紫檀大件，无非是笔筒衣钩，到中国来看到紫檀的桌子椅子便惊为天人。他们的文化发展到能够欣赏紫檀的时候已经太晚了，今后也再没有了。五十年才长一寸，千年才成材，人类还有几个百年？等人类灭亡了，下一个兴盛起来的物种若能走到审美的层次，再慢慢享用吧。

女人之大欲

现在的职场女性,冷面挺胸冲到三十岁,回头一看,生命里最好的十年就在连通风都说不上好的笼子里度过了,心情如何,不好妄加揣测。可能会像喝汤的时候不小心吸进去一大块半溶化的肥肉,顶在胸口咽不下去也吐不出来的感觉,满嘴絮絮的寡淡味。

不止一次听做公司的朋友说,不喜欢用二十五六到三十出头的女人做事。往办公桌前一坐,通常就是脸一怔,很辽远的表情;做事情也是时冷时热,没有稳定的温度;说话老像是赌着气,无端地得罪人,为了弥补又故意来撒娇,来来回回地让人不舒服。心细些的人一看就明白,就是缺少男人。

再小些的,没那么多心思杂念,兴兴冲冲疯疯傻傻地往前闯。年纪轻,又是女的,总是她有理,办起事来方便。

就算不会办事，一天多办出三四件，总有一件是好的吧。

再大些，四十多岁的，已经在几次歇斯底里的狂笑后，心悦诚服地认识到钱是世界上最重要的东西，(当然还有孩子。孩子的将来也需要钱。再说，有没有出息，孝不孝顺还不能言之过早。归根到底还是钱的问题。)于是，情啊、爱啊、伤春啊、孤寂啊、生理变化之类的人生问题都被简单化，比吃饭拉屎还不值一提。她们有极好的精力，极少的睡眠，极复杂的头脑，极弱的自尊心，极强的含忍力，和极直接的谈话方式。成就大事的都是这个年龄段的女人，远的如武则天、慈禧；近的太多，去《天下女人》《半边天》之类的节目里看看就知道了。同年龄段的男人，到了这个岁数容易在夜总会和情妇那里耽于安乐，好像上半辈子已经吃了数不清的苦。女人年轻漂亮的时候多少是有些糊涂的，年纪一大，就算不能大彻大悟，在具体的问题上也能做到审慎理智。优秀的男人，往往在年轻的时候深刻、有自制力，越活越任性。烂电视剧里骂"老糊涂"，都是老太太骂老头。

说起来有些不近情理，按说经济独立，房子独立，观念独立的职业女性们，不会存在缺少男人的问题。可世界上的事情常常有个意料之外情理之中。

162

在谈恋爱的问题上，缺乏时间精力当然是致命伤，除此之外，职场女子还有很多不被人察觉的弱势。

在地铁里挤来挤去的很少有风情万种的女子，虽然有姿色的不在少数。娇艳欲滴的去挤地铁大概是件不好意思的事情。工作起来也不方便，一副太太奶奶娇小姐的样子，谁还好意思使唤你。漂亮的女人办事容易也未必，别人总想占她便宜，而她又不能如每个人的愿，办不来事还生出一堆事。宁可中性些，一条牛仔裤，蓬着头，黄着脸。

也是因为没有时间收拾自己。披头散发从床上起来到漂漂亮亮出门，起步价就是一小时。睡美容觉和打扮哪个重要？稍微有远见一些的女人会选择前者。所以，写字楼里一大堆疯疯癫癫的中性女孩，多半是出于不得已。

写字楼里的女人越来越中性化，对男人来说是件很无趣的事情。对女人来讲却不是这样。中性风格对保住饭碗很有好处。你要是老板，一个男人婆型，一个小妹妹型，你相信哪一个的工作能力？从女人的私心上来讲，也方便和男生打成一片，适当地占占男生便宜，不无小补，旁人也不会觉得有什么。

男人多数欣赏中性的工作拍档，却喜欢有女人味的女人。连周杰伦这样的前卫弟弟都说，他的品位和大多数男人一样，何况别人。

这样一来，职场杀手和情场烈士往往会是同一个女人。

她们也不是没有娇媚的时候。女人在气质上越来越贪心了，恨不得今天是中学女生，明天是霹雳淫娃，后天是气质美女……好容易有时间出去交际一次，她们会打扮出心目中最想要的那个自己。挑衣服，买鞋子，去美容院，回家去掉死脚皮、死脸皮、腋毛、唇毛、鼻毛、多余的眉毛，做个面膜，返上两三次工化完妆，好出去抓别人的眼睛。

到了现场，却很可能因为压抑得太久，借着些酒精，释放得太过，把男人吓跑。周末的KTV包厢里经常上演这样的惨剧，狂摇猛甩的、鬼哭狼嚎的、醉醺醺的、抽烟说脏话的好多都是女人。

缺少睡眠和满脑子合同、报表也会影响面相。皮肤不会好，老有黑眼圈，皱皱巴巴，像超市里隔了夜的蔬菜，眼神也会不那么清澈。

中上姿色加上乖顺的个性是男人最理想的对象，言情剧的女主角也是她们。软软娇娇的凯蒂猫抱在怀里，扔在沙发上都可以，精精神神的芭比娃娃却只能摆在陈列架上,远远地赞叹着。写字楼那些穿职业装的女人,天姿国色的有,让人有搂在怀里的冲动的却很少,就是这个原因。

有的是因为容貌有限,或害怕艾滋病,便把自己归于琼瑶一派,满心要找个专一干净的天上人间永不相负。任何事情都不能认真过头,感情也在内。她们往往因为对感情过分认真,男人受不了无休止的矫情、猜疑、考验,只好放弃。落得人间空有刘雪华,世上难觅马景涛。

这些想想办法还是可以避免的。还有一个无药可解,最致命的问题。要从女人的天性说起。大概女人都不太愿意管自己心仪的男子叫"宝宝"或者"小可怜",偶尔换换口味除外。只有碰上让自己崇拜的男人,才能爱得彻底,才能把自己整个交出来,心甘情愿地由他"任意施为"。封建社会的女人,就算他的男人在做人上是个白痴,对他的事业还是神秘的,所以不难保持崇拜。现在,大概没有什么职业是女人不能做的,除了男妓。于是,男人事业上的神秘感没有了。再优秀的男人,碰上一个差不多优秀的女人,三五眼就能被她看出弱点。同等的男女在一起,男的一定被女的挑剔。越有才干的女人,越难把自己交托出去。男人做到头是东方不败,女人做到头却是独孤求

165

败——独孤求败比东方不败更搞不定。

长期缺少性生活容易有洁癖。客人不小心碰了一下她的床,当面不好意思说,客人一走,床褥一卷扔进了洗衣机。据说某成功女士洁癖到别人去她家要套条灯笼裤才能进门。有个朋友开玩笑说,这样的毛病,只有拉到某高校的树林里,在满是避孕套和卫生纸的草地上强奸她一次,才能治好。在医学上兴许是说得过去的,如果法律也允许的话。

洁癖久了必定得焦虑症。焦虑症是个很磨人的病,它有点像电视剧,一个大悬念下面套着无数小悬念。

大悬念是贯穿始终的,比如焦虑自己得了艾滋病。不敢去检查,怕查出来有;也怕查出来没有,却在抽血的时候染上。对于一切医学上的常识抱怀疑态度,在公共场所蹭破点皮都要紧张好几天。

小悬念是阶段性的。在刚装修好的办公室里上了几天班,就开始想象自己得了白血病,直到换了办公室才告一段落。早上翻枕头不小心看见几根头发,怀疑自己脱发,恨不得把小学的照片都翻出来,直到确认发际线还在原来的地方才罢手。看到报纸上说电磁辐射,便连家里的电水壶都怀疑。看见猫狗很喜欢,忍不住要往前凑,不小心被舔了一下,怕得狂犬病怕了半年。刚下楼就焦虑门没锁好。幻想亲人遭遇不幸,半小时打不通电话就要崩溃……

被这些痛苦持久零碎地折磨着,会隐现一种疲倦而又痛苦的表情,整天浮在脸上,像困极了的人在床上默默忍受蚊虫的叮咬。任其发展,还会举止失据,神神道道,急躁,骂服务生,骂保安,骂洗头妹,直至发疯、发狂。

职业女性先驱苏青曾把老话巧妙地逗点了一下,变成这样:"饮食男,女人之大欲存也。""大欲"问题确实是很难搞定的,谁也说不起这个大话。

可以试着养养宠物,一只狗在身上跳上跳下,对治疗洁癖有好处。不管怎样,先让神经松弛下来,平安喜乐一些,觉得一切都可亲,而不是可疑。人为制造危机感只会自己把自己压垮。

狗狗生病了,不要不好意思,对同事说出来,甚至可以紧紧地抓住姐妹们的手在办公室里哭。是有些做作,比一身套装,公式化的微笑,可以去采访国家总理的样子还是要自然些。男同事见了固然会嘲笑,心里却会对你多一分爱怜。

男朋友比自己差没关系。越是优秀的男人,期望值越高,失望也越大。女人丧失对一个男人的爱,往往是因为

167

心理落差,而不是这个男人真的很差。

可以改变一下思路,找和自己相反的男人,比如肌肉发达,头脑简单的;浪漫成性,无所事事的。这样的男人你对他没有期望值,他的一点点进步足以引起你的赞叹。他们在运动、闲荡、娱乐等方面的成就是你无法企及的,会让你莫名的产生些欲罢不能的情愫。

尤其忌讳找同行,同行相轻。他轻视你会对你更有爱护的欲望;你轻视他就会丧失兴趣,吃亏的还是自己。

所谓阴阳调和,是顺应自然的事情,了解了这一点,就能和男人相处得好,自己也会舒服。中国的传统哲学讲究以柔克刚,意思是女人驾驭男人靠的是柔而不是刚。

聪明的女人都是这样做的,而且不希望别人也这样做。女人在这一点上很自私,嘴碎的喜欢说别人嘴碎;假正经的最讨厌别人假正经,生怕别人抢了自己的位置。哪个女人肯对自己的丈夫好,夫妻融洽,姐妹们便会嫉妒,你一嘴我一嘴的说她没出息,派那个男人的不是。傻一点的就会当了真,直到离了婚,姐妹们才会高兴,纷纷来安慰她。

最红的女明星都是偏中性的:林青霞、莫文蔚、赵薇、李宇春,连公认最有女人味的张曼玉也不是多娇多肉撒娇发嗲的，因为女性观众对她们不会有敌意，女性观众从来就是电视遥控的操纵者。千娇百媚的女明星容易被当成假想敌，大多混在二线三线，要想大红除非走色情路线。

不过，喜欢在男朋友面前要强任性的女孩子好像还是要多一些。历史上有个这样的例子，很能说明男人到底服哪种女人。刘邦宠爱的戚夫人很任性，她要刘邦废吕后之子刘盈，立自己的儿子如意为太子，又哭又闹，不依不饶。结果儿子被毒死；自己被吕后砍去手足，挖掉眼睛，熏耳，灌哑嗓子，做成"人彘"，在茅房里爬了三天，死了。吕后则很会以柔克刚，她不和刘邦戚夫人正面交锋，向周昌下跪，向张良讨主意，觍着脸请出天下四个德高望重的糟老头"商山四皓"来挺太子，扭转了败局。据《史记》的记载，吕后直到刘邦死后，处理事情才肯发怒，之前一直是没有脾气的。所以，刘邦纵然万般不情愿，在太子的抉择上最后还是偏向吕后。

普通的家庭，也是丈夫做恶人，老婆做好人。要是老婆厉害，丈夫懦弱，这家人只怕是不得人意的，养出的儿子也容易成同性恋。

难道什么病都是炎症

有一天不想工作，摊在床上犯懒。突发怪想，要数一数自己身上有多少种炎症。品类之盛，把自己吓了一跳。

最上面是头发，头皮屑好像不算。

眼角老发痒，应该叫角膜炎。看多电脑痒；看多电视也痒；熬夜也不行。眼药水点几次不痒了；不点又痒。听广告上说是缺少什么维生素，吃了几瓶，石沉大海，才知道上了药品广告的当。

咽喉炎。春天必犯，至少一次。北方的春天风沙未尽，杨絮又来，一块灰凄凄的天。南方湿润，空气好，植物也多，到南方过了一个冬天，没想到也犯。原来南方用木炭、煤球取暖，烟屑积在呼吸道，春天总爆发。

肺炎。咽喉炎不注意，牵牵延延就容易成肺炎。抗生素普及到今天，新品种的肺炎越来越多，人的抵抗力越来越弱,治疗费用越来越高,动不动就几十上百万。一概大病,化疗、透析、移植,暂时治好了,病人就个个价值连城了——以古代的小城镇论——且极易复发死亡,所以更加值钱。在医院里,无论病大病小,一进去就是透视、吊水、打针什么的。用药说明上写着的副作用大家早就视而不见了。严重了就开膛破腹。西医是科学,据我看也只在检验上,要真说治病是最野蛮的。抗生素的实质是玉石俱焚,开刀就更不要说了,直接拿掉。中医说的"五脏本为一体,相生相克"我比较信,至今不能接受把人肚子里的东西随意切割或重组。上帝造好的东西最好不要乱动,更不要模仿上帝在地球上行创造之职,小孩模仿大人都很危险,何况模仿造物主。

有一次聚会,一位中年女士像搞传销一样,逢人就说不要吃西药,原来她妈妈换肾了。她妈妈是国家干部,一点小病就吃药住院,吃来吃去无非就是这个霉素那个霉素,大都伤肝肾。

名老中医一副寒儒状;刚出医学院的西医,尤其是外科的,个个像富家公子。最看不起中国文化的是中国人自己,只要看看如今国外对中医的尊重就知道了。老中医的出场费再这么便宜下去,医院更不愿意建议你看中医了,

171

从一些树皮草根上赚得几十万,怎么可能?

胃炎不能小看。陈逸飞何等样的人才,死于一个小小的胃病。多数人可能不知道,忽然很想吃也是胃病。我就经常很想吃,明知不祥也乐得享受。人生几十年,我也大概齐看清楚了,命里注定的是前半生为房产商打工,后半生为医院打工,再不享受享受就更划不来了。

慢性肠炎。症状多数是排便不畅。西方某著名大学的校长,每年新生开学,他都要在开学典礼上重申人生最重要的事情:一是读《圣经》,二是保持大便通畅。据说有人吃排毒之类的药吃到依赖,不吃就拉不出屎来。可以理解,人只要排泄不好,心里就烦躁;一烦躁,就胡乱买药吃,于己无益,还给奸邪药商可乘之机。中医分寒热温凉,热有热的治法,寒有寒的治法,因症因人而治,哪有老少咸宜的药?不过也不能总怪广告,劳心者吃得好拉不好;劳力者吃得不好拉得好,这是自然规律。

再往下还有什么?前列腺炎。说起来不太好意思,因为有个大夫曾经和我开玩笑,说这个病在女人身上就是月经不调。这是上大学的时候和东北人喝酒喝出来的。现在不喝酒也来不及了,看情形这个病要跟我一辈子。俗话说:"病走熟路",很多病得了就会跟一辈子,好也就是暂时

172

好。话又说回来,谁身上没这些乱七八糟的东西,有本事钻回妈妈肚子里去,干干净净地重来一回。

脚气算不算炎症?真菌引起的应该也算。倒是好消灭,一支抗生素外用即可,不足为患。

说到这,我要解释一下。二十岁的不比,在三十来岁的人里头,我抵抗力算好的,一年只感冒一两次,几天就过去,吃不吃药都没事。

大家是不注意,炎症这东西谁身上都免不了会有。像我这样,没有肝炎、肾炎、心肌炎之类能致命的炎症;现有的炎症也还没有发展成癌,就算是走运的了。当然,像一个中医说的,现在化学的东西那么多,谁知道还会有什么病。未来的一切还是未知之数,别高兴得太早。也别太相信科学,科学自己都经常推翻自己。

一个还算健康的人都有这么多乱七八糟的东西,人活着,何苦来。再一想,不在意也没什么,一在意又似乎百病缠身,也很有意思,难怪有那么多人要写诗。

最后报告一则新闻:据最新研究结果表明,失眠是由于神经组织发炎引起的。看来不管什么病,说是炎症总是没错的。

孤独的中国人

我有个坏习惯,不管有人没人,想唱戏的时候就会哼几句。一次,有个朋友问:"你这样做可不可以理解成是孤独?"我被问住了,因为从来没理性地想过这个问题。不过,有时候的确是这样,当众就会孤独起来,大家喝酒开玩笑,正热闹的时候。

古今中外最打动我的戏剧有这样一幕:一位女演员和她的朋友们在客厅里饮酒欢聚,楼上"砰"的响了一声。医生跑到楼上去看,原来女演员的儿子开枪自杀了。医生跑下来看到女演员寻欢作乐的样子时,竟不由自主地撒了个谎,说是他的一瓶乙醚爆炸了。

这是契诃夫《海鸥》的最后一幕。真正看懂这个戏的观众会觉得医生对女演员太体谅,太宽容。我也有这种感觉。当然,谁也没有办法去体会医生当时的心情,契诃夫也不

174

能，——作家在生活面前，至多是一个高明的大夫，可以讲出病症，却不能明了疾病的全部来由。医生也许是看清了女演员放纵背后的真相，看清了她的孤独比那个孤独死去的儿子更甚，他瞬间明白了包括自己在内的在场的所有的人，于彻骨的寒冷中产生了不可遏制的同情，于是撒了一个完全没有必要的谎。

我知道，这个解释还是远远不够的，如果能解释清楚，它必定不会如此地打动我。

孤独到底是什么？对于人类到底意味着什么？好像还没有一个哲学家或艺术家讲出过让人信服的答案。

中国人是很害怕孤独的一个群落。对于一个男人来说，最大的快乐是妻妾成群，儿孙满堂；对于一个家族来说，最大的梦想是四世、五世乃至六世同堂。一个有儿有女的老人，再穷，不会让我们特别的同情，我们宁可去同情一个没有儿女的老富翁，总觉得他的财产和他的痛苦应该是成正比的，而在外国人眼中这是很平常的事情。

中国人最熟悉最喜欢的故事也大多是关于孤独的。

嫦娥是最孤独的女人，也是中国知名度最高的女人，她是不小心吞吃了仙丹，从地上飞到天上去的，然后永远地住在月亮里面，只有一只兔子和她做伴。

《天仙配》《牛郎织女》则是神仙耐不住天庭的寂寞，下凡寻找爱情的故事。故事的女主角是天庭里的女子，而她们偏偏喜欢地上的农夫。这两个故事拍摄成黄梅戏电影的时候是新中国成立初期，初衷应该是歌颂劳动人民和人世间的新生活。不过，从欲望的本质上来讲，一个生来高贵的女人对戴眼镜有礼貌的成功男士不感兴趣，而喜欢送外卖的或者水电工，是很说得过去的。人向往的东西都是自己没有的，在性心理上也一样，清瘦的男人往往喜欢丰满的女人，不管两人站在一起多么的不和谐；小门小户的女孩子对吃得开的男人总有着欲罢不能的兴趣，不管对方是不是黑社会。好女人总是遇人不淑的，坏女人身边才有痴心的好男人，说到底是自己招来的，是天意，属于"天之道，损有余以奉不足"的范畴。

　　《白蛇传》讲的是一条蛇在修炼成人的过程中，修炼到了法术，也不幸修炼到了人的孤独和寂寞。为了排解寂寞，她违反天规和人发生了恋情，为此她付出了一切，是个赔本买卖。

　　王昭君穿着那件叫昭君套的华贵大氅，在皑皑冰雪中向塞外走去。其实漂不漂亮都是后人的想象，要想成为四大美人，必须有些曲折的故事和显赫的出身。王昭君的故事在

176

四大美人里是最平淡的,不过就是皇帝送她去和亲的时候,发现她很漂亮,于是想反悔,当然不能反悔,便把负责画像的画师杀了,因为当时皇帝凭画像挑选后宫的女子。画师应该是被错怪了的,真正的绝世姿容是不能画的,就像现代影像技术拍出来的明星名模,生活中看经常也会大失所望。这是一个没有冲突,更没有过程的故事。至于出身,历代和亲的多了,有的还是真正的公主,比如对历史起过很大作用的文成公主,她一个小小的宫女能脱颖而出,大概就是凭着塞外冰雪中那个极美又极富孤独感的画面吧。

京剧里的西施,深夜在吴国的宫殿里对着月亮唱道:"月照宫门第几层?"这一问太过无理,何处无月光?怎能单单只照哪道宫门? 可若不这么问,便不孤独了。

拿电影来说,热闹的电影大多是商业片,艺术片往往是孤独的。

石榴、海棠、桃花种在庭院里,因为它们看着热闹;孤独的兰花和水仙则摆在书房,属于男主人的专利。男主人多数时候也是喜欢热闹的,闹够了才会到书房里对着兰花,想些高尚的事情。得到古今最广泛喜爱的牡丹则是外观上最热闹的花。

若想彻底地控制一个人,除了物质,大概就只有解决孤独问题这个途径了。爱情上的控制属于后者。前者只能在形式上控制一个人,而后者却能让一个人为你疯狂,为你放弃生命。这个解释兴许能说明孤独对我们每一个人来说是何等的可怕。

精神上给予我们的人,我们会尊敬,同时也敬而远之。物质上给予我们的,亲近、趋奉,往往也很难发自内心的喜欢。能真心喜欢、并且为他们无原则无目地付出的,只能是让我们不孤独的人。儿女就是这样,不管孝不孝顺,只要存在,就会让我们莫名有一种充实感,哪怕得不到什么具体的安慰。

有高尚情操的人也许会觉得我把人性想得太猥琐,革命家为了理想和信念去死又该怎么说?理想和信念之所以吸引人,大概是能让人忽略孤独、忘记孤独吧,一个还惧怕孤独的人一定是脆弱和不彻底的。

关于孤独这个话题,这样泛泛地说一说就好了,说得太具体就不舒服了。中国人可以说穷说愁,没有说孤独的习惯,哪怕无时无刻不在受着孤独的威胁和折磨,也很难说出口。在我们看来,承认自己害怕孤独与展示身体相类。所以,爱热闹的中国人说到底还是孤独的,永远在喧闹中当众孤独下去……

笼中人

酒吧,有两个人在说话,我在邻桌听到了几句。

甲:"你平时也不出来,一个人在家里做什么?"

乙:"看电视。"

甲:"现在有勇气一个人待在家里看电视的人我太佩服了!"

…………

我猜下面一定还有好多至情至性的话,可是已经听不到了。因为有个女人举起细瘦的白手臂,对着空中大声发了一道指令:"音乐声音再大一点!"

我一度也很害怕待在租来的房子里。毕业后,租房四年,连饭都没做过几顿。通常是在外面和同事吃完聊完,如果还早就去了酒吧。为什么?说不清楚。总之,是不到精力耗尽,不甘心结束一天。再说,大城市的公寓实在不方便。就说做饭吧。大一点的超市至少在几百米外,加上过马路、等灯、钻桥洞、上天桥,来回一趟已经很辛苦了,还要推车、上楼下楼、排队结账。如果少买了一瓶醋,绝对没有再跑一趟的道理。想想小时候,菜下了锅,大人一声吩咐,跑到街上去把酱油买回来,菜起锅,时间正好。"超市"起初的含义是通过自助购物的形式买到更便宜的商品。现在的超市已经背离了这一原则,提供的是更昂贵更不新鲜的食物。做饭成了大问题,一个人尤其不方便。普通的白领,几千块的工资,经常在外面吃饭,也就所剩无几了。

普通的一居室,无论你是租来的,或者贷款买的,一个月交完了钱,就只能练"辟谷功",光喝水了。七岁上学,近二十年的寒窗,北大、清华毕业,到头来只谋得个"栖身之地",连吃饭都没有着落,真是何苦来。

公寓通常是高层,二十到三十层不等,甚至更高。楼与楼之间共着一块小小的草地,通常会修理出三角、梯形、英文字母之类的形状,都是这么多年应试教育过来的人,看了只怕会做噩梦。我就经常做这样的噩梦:梦见高考,交卷铃响了,还有好几个题目没做,猛然惊醒,全身冷汗,一看是梦,无比的欣慰。

早上闹钟一响,把自己从血肉相连的床上撕下来,塞进入挤人的地铁,再转公车,花一两个小时在上班的路上,送到出卖劳力的地方。晚上,把自己送回这个无亲无友的笼子里,就算是过了一天。以前,大城市的人说:"外国人就是这样的,关起门,谁也不认识谁。"后来中等城市的人也跟着说:"大城市就是这样的……"仿佛这样就合理了,于是很多人得了抑郁症。小城市的人出门就是熟人,姨妈舅舅一大堆,走动走动,说说笑笑,争争吵吵,情感得到了充分的宣泄,这是治疗抑郁症的最好办法。我有一盆花,快养不活了,扔到楼道里任它自生自灭,没想到它不仅活了,反倒越长越茂盛。好多邻居义务给它浇水松土,精心伺候它。大家太缺少和有生命的东西交流,这盆花给了他们机会。为什么那么多人养宠物,宠物们还一个个神气得不得了,不大把人类放在眼里,大概也是这个缘故吧。

话又说回来,如果房子是自己买的,加完班回家,走到楼下,抬头看看夜空中属于自己的那个黑窟窿,还是欣慰的。买了房子,经济上有了压力,酒吧餐厅自然就去得少了;不得不交个固定的异性朋友,经济上能分担,也俭省些;说不定还煞有介事的谈起了婚姻;总之,是早早地上了床,带着些感慨对身边的人说:"以前这个时候,我的夜生活刚刚开始。"要她或他知道,你结结实实地付出了,甘心待在这个叫"公寓"的笼子里。

按照正常的生活轨迹,将来无非就是结婚生子,再把父母接来挤在一起。表面上是功成名就,一家团聚,其实是拿父母当免费的保姆。照例父母是住不惯的。久了,妻子三天两头闹,老人经常在没人的时候哭。想找个单独的空间清静一下,城外的房子都几万一个平方米了,上哪里清静去?

张爱玲说中产阶级的空虚是"更空虚的空虚",的确是这样。底层人需要解决的问题都是具体的:吃饭、穿衣、买个冰箱、买个大一点的电视、偶尔打一回的士。这些琐屑的愿望便把人生填满了。中产阶级的所谓"空虚"都是些解决不了的问题,婚姻生活的单调;物质上欲上无趣欲下不甘,还有人际关系冷漠造成的感情积滞。现代社会里老人孤独的现状更加重了大家对衰老的恐惧。

全世界竞相模仿的美国,就是一个以老为羞,以靠儿女赡养为耻的国家。美国的老人生活得孤孤单单风雨飘摇早就是一个严重的社会问题,所以他们怕老,也最不服老。

现代的家庭,父母和子女是主张不住在一起的。各有自己一套房,孩子有出息一点的甚至天南海北。兄弟姐妹就更不要说了,有的一两年难得见一次面。骨肉亲情的融洽、母慈子孝的欢乐,已经是很陌生的事情了。出于对年老的排斥,老人总觉得自己还年轻,不肯从工作岗位上下来。和年轻人做一样的事情,精神上是可钦佩,健康上却很不合算。

关于这个问题,孔子曾有过一些不错的见解。孔子主张孝悌,意思就是:一家人要热热闹闹地生活在一起,尊长爱幼,有礼有序。没事搓搓麻将,逗逗小孩,聊聊家务人情,这样一来生活必定不会单调,婚姻里的乏味也能冲淡。孔子尤其重视敬老,在他的倡导下,以前的中国人都是以老为尊,以老为荣的,看看《红楼梦》里的贾母就知道了。逢五逢十的整寿必定大操大办,昭告亲友,因为老了实在是件太幸福的事情。儿孙辈早晚要向父母问好;吃饭要等老人先吃,睡觉要伺候老人先睡。老人俨然是一个小范围的皇帝。不仅自家如此,对别人的老人原则上也要同样的尊敬,所谓"老吾老,以及人之老"。 就连乞丐,老也意味着被尊重,意味着人人都有赡养他的道德上的义务。过去的中国,就是一个老年人的天堂。哪怕是美貌的女人,到了不得不老的时候,想必也会欣然赴之的。

除了死亡,人类最大的心结恐怕不是金钱,而是衰老和孤独。衰老这个问题至今没有任何一个社会解决得比过去的中国更圆满。西方虽然有好的福利来赡养老人,也仅止在物质上。至于孤独,自从人类住进了城市,住进了一种叫公寓的笼子里,孤独问题就注定是无法解决的了。

女上司

有一个做广告的朋友受了女上司的气，跑到我这里来诉苦，

他啰里啰唆说了一大堆，大意是：这位上司性格多变，朝令夕改；眼睛永远盯着小处，连说话的表情都要干涉；凡事好指手画脚，永远指挥别人犯错误，自己永远是审判官，法律只有一条，就是她的"直觉"。他愤愤地说要辞职。

我问他，辞了职做什么去？他说，传媒、杂志、栏目，哪里都可以。我说，这些地方大多是女的当上司，去哪里不一样？问他的上司多大年纪？他说有时候看像过了三十了，有时候看又不像。

这就是问题的关键，女人复杂就复杂在年龄会让她们在很短时间内变成另外一个人，本性难移这句话对她

们是不适用的。

在年纪小一点的女上司面前,必须做出成熟稳重、老谋深算的样子, 哪怕你脑子里什么都没想, 还总出馊主意。

说话的时候适当引用几句文艺腔的人生哲理,《名人名言》上看来的就可以,不要说真知灼见,免得被视为书呆子。

谈计划,全球发散性思维,越远越好,只要不说显而易见的废话。

单独相处,不要乱看她,免得她认为你喜欢她,往后会更理直气壮地使唤你。

三十多岁的更麻烦。你最好做出很有干劲的懵懂少年状,这样容易得到好感。让她觉得你是个便宜,哪怕私下里你也很懒。

她说一年的计划,你就说三个月;她要说三个月,你就说这两周,表示你很务实。她短视,你比她更短视,千万不要说三年以后的事,她等不起。

她说一张图片的好坏在于模特的服装, 你就说在于服装上的扣子, 千万不要反驳, 也不要卖弄你的经验学问,讲道理是讲不通的,言多必失。

实在没话说的时候,可以聊聊化妆品、屈臣氏、名牌汽车、明星绯闻、整容失败的例子,以及其他成功女性的短处和婚姻不幸。

适当的时候,要用感兴趣的眼神多看看她,哪怕她长得很难看,她会很喜欢你这个工作拍档。

现在二十到三十五岁的女人在年龄上较难区分。二十来岁的女孩往往喜欢扮成熟、扮风尘气的,喝酒、抽烟、说荤笑话什么都敢。三十几岁的则生怕妹妹头、卡通饰品、小碎花衣服这一类的东西再没机会了, 挂个哈罗凯蒂的钥匙包,说话嗲声嗲气,恨不得在床上都打扮成芭比娃娃,在董事会上都要撒娇。再加之化妆整形技术越来越高,身份资料越来越好伪造,实在难以分辨。

这个世界太姹紫嫣红淫粉妖蓝, 女人值钱的时段又太短,除了早熟和晚衰,实在没有更好的办法。一般女孩十几岁就能把人生影影绰绰看出个全貌;十几岁的男孩,都以为三十岁是下辈子的事情。

当然,也不是所有女人都倒行逆施。十八岁就知道单纯是优势,知道本色美,那是奇才,碰上了只好自认倒霉。三十岁不到就知道以不争为争,穿着得体,不怕素面朝天的,那也是奇才,碰上了也只有认输。

我的朋友又问，他还有一个四五十岁的女上司怎么对付？

我笑他命苦，这个岁数的职场女性早已修炼成精，亦雌亦雄，亦人亦妖，亦老妇亦少女，亦真诚亦虚伪，亦诡诈亦浑朴，亦风流亦圣洁。碰上这样的女人，只能用老子的一条理论来对付："音声之相和也，先后之相随，恒也。"

他说不懂。我说大意就是只能认命：她要做慈禧，你就做李莲英；她要做潘金莲，你就做西门庆；她要做超女，你就做超级无敌娱乐主播型宝宝男……

宅男

有个剩女,事业做得很好,再过几年就四十了,还没嫁出去,因此诸事无心,萎靡抑郁,跑到我这里来抱怨"现在优秀的男人实在太少了!"

我立即纠正了这一谬论:"这就是你嫁不出去的原因,你已经够优秀了,要优秀的干什么?你应该找个宅男。"

她脸上的表情有些怪异,显然觉得"宅男"不够高端大气上档次。

我跟她解释了以下这套理论——

女人最恨男人两件事:没有时间陪自己和外遇。宅男的特点就是二十四小时基本上在家里,不在床上在网上,你想让他不陪你都不行。没有交际面,外遇的风险已经缩减了百分之九十,何况他轻易不出门,剩下的百分之十也基本在你的掌握之中。那些丈夫也很成功的成功女士,在外要为事业而奋斗；在内要为把老公留在家里而伤神。太累不说，一不小心就戴了女款绿帽；再不小心，旦夕之间家庭没了，事业也耽误了。

这位女友本来是缩在沙发里的，听了我的分析，情不自禁地把腰部的赘肉一挺，坐了起来，端起面前的茶若有所思地抿了一小口。

由于天天和游戏动漫打交道，宅男往往有着清澈的眼神、柔和的表情。在周末的夜晚，当你看完偶像剧的大结局，心潮起伏之时，回头看见幽暗的灯光下、在电脑前面乖乖坐着的他，立刻就会有一种童话变为现实的错觉。

他基本上是听话的，关掉电脑除外。

在家里窝久了，会有那么几天焦躁不安脾气大，属于正常的生理反应，不理他很快就会过去。

只要你不挑剔他，他一般对你也没什么要求，哪怕你不换内裤。

如果你出去应酬，他通常不会跟着。就算你半夜两三点不回家，他也不会介意，因为对他来说这是下午。他会很温馨地发个信息让你路上小心，顺便给他带点吃的。半夜时分，两分媚态，三分醉意，怀里揣着温热的便当，家里有个等着自己的男人，对女人来说夫复何求？

我这位朋友的额头上已经微微泛起了油光，当中一颗反季节的青春痘格外地红艳，脸颊也似乎有了血色。见她已有几分动心，便把最后一点，也是最重要的一点说了出来：

从中医上来说，因为久坐缺少运动，宅男都属于湿热型体质。这类人的特点就是能坐着就不站着，能躺着就不坐着，渴了也懒得去倒水。如此一来便是恶性循环：湿热则气虚；气虚则收敛能力不够；收敛能力不够则虚阳外越精关不固；精关不固则老想做爱，只是在床上也有些懒懒的罢了。对女性来说，虽说三十如狼四十如虎，可真刀真枪起来，一把老骨头未必禁得起折腾，所以很适合这种少食多餐的方式，既实用又符合养生规律。我有个朋友，离了婚，带着个孩子从国外跑回来，找了一堆人都性格不合，直到找了个极品的宅男。永远不对她说"不"字，只要她说累了，他就关电脑；她说上床，他就已经……

现在宅男很抢手的，你想想，身边的宅男宅女大都已经成家了；我们这些奔事业的，身边连个固定的伙伴都没有……

话未说完，这位朋友"腾"的一声站了起来，丢下一句"我明白了！"俨然一副已经终身有靠的样子，连谢都没谢我一句，抓起皮包就急急地走了……

闲谈的灵感

　　昨天，有个在云南丽江古城开客栈的朋友来家里聊天，她说丽江也没什么意思，不过它的好处在于，你刚觉得它没意思，发现它又有意思了。倒是丽江城外，雪山下的一些村子很舒服，也没什么人。我说，这就是自然和人工的区别，村子比古城更接近自然的原貌，人工的东西再好，有看烦的时候，人力所能达到的极限也就是这样了，只有自然是看不厌的。

　　说完很诧异，怎么一下子就冒出这么有哲理的话来，简直是从庄子的文章里直接摘译下来的。这大概就是闲谈的妙处。苏东坡说写文章要像"行云流水"，当不知起从何处起，止从何处止，意思就是说文章要写得像闲谈一样。文章不能太"有心"，小时候长辈为了勉励我们上进，总说要做个有心人，其实无心有无心的好处，人类的智慧发展到今天,好像任何事情不最大程度的复杂化,就得不出个确切的答案。所以现在再也没有苏东坡那样自在的文章了。专家研讨会也是,永远研讨不出个什么来,因为题目已事先拟好,何况大多数专家在研讨会上只会违心地附和,让真正想说两句的人也只好选择闭嘴了。

闲谈带来的这种惊喜,就像从来不买彩票的人,偶尔买了张彩票就中了大奖一样,是一种没有痛苦作为铺垫的快乐。原本无聊沉闷,甚至进行不下去的交谈,忽然会灵光一闪,进入一个亢奋的阶段,精彩的语言联翩而至,一泻千里。不管在座的是什么身份和职业,有没有口才,瞬间个个都是思想家、幽默大师加演说家,那些专门在电视上开讲座的专家听了都会汗颜。就在想落天外、逸兴遄飞的时候,谈话会戛然而止,就像音乐高潮时的休止,戏剧高潮时突然的静场一样,借着这片刻的停顿,情绪会被引到一个更遥远更诗意的地方。

接下来便到了兴奋消退期,大家顿时失去了魔力,无论说什么都显得多余、苍白、词不达意,无话可说,默座当场。不过此时也不会觉得无聊和尴尬,反而是极放松极忘我的,因为还在回味着刚才的谈话。

这种状态之难获得,就像创作的灵感和打麻将的手气一样可遇而不可求,无迹可寻,不能解释。

顺着刚才丽江那个话题,我和那个朋友就一下子杂乱无章地说了好多。这里略举几段:

北京有来自全国各地的名厨,吃来吃去也不过如此,主要是原料不够天然。对于真正地懂得吃的人来说,构成最大口感差异的是原料,而不是烹饪。南方这个季节沿街边剥边卖的细竹笋嫩蕨菜,怎么做都是好吃的。

电影永远是看预告片的时候最好,看完整了多少都会有些失望,再好的电影都是。烂电影更容易剪出个吸引人的片花来,新闻和广告误导人的办法亦同此理。

名著也会有让人不信服的地方:《西厢记》里的张生再淫心色胎装疯卖傻都是好的,就因为他长得好看?郑桓倒是个不错的,也不花也不坏,莺莺的正经未婚夫,就因为形象差点,撞死了也得不到同情。总之,编造的故事稍微荒唐一下就不可信,真实的人生再怎么荒唐,都会可信得让你寒毛倒竖。

任何一个艺术流派的创始人都是后来的追随者无法超越的,因为他的艺术是从他的天性里直接长出来的,后来者只能嫁接。

为什么程派听来听去还是迟小秋的好?嗓子糙,还有杂音,至少她不在意这些毛病,自然来去。太精确或风格太突出有时候也会作茧自缚,费力不讨好……

我们就这样东一句西一句,一个下午很快就过去了。

吃晚饭的时候,想起工作上一些不愉快的事情,心里有些烦乱。为了让自己心情好起来,我试着去回忆下午的谈话,不知道为什么,最精彩的部分怎么都想不起来了,越着急越是一点痕迹都捞不到,也许无心而来的东西,想有心留住都难。

不愉快的事情一年两年,甚至十年八年想忘也忘不了;愉快的过去了也就过去了,哪怕经常拿出来回忆的,也是渐行渐远,像隆冬黎明时的路灯,寒光奄奄的沉了下去。新的一天总是好的,可一天结束后,能记住的还是和"利益"二字相关的事情,这样的事情多数是不愉快的。

谈得来的朋友本来就少,最近更是越来越难见上面,忙的忙,要不就是有家庭有孩子了。难得有这么享受的一次谈话,还不小心把最精彩的部分搞忘了,心里很有些失落。今天早上一觉醒来,忽然又回忆起来一些,就专门写了这篇文章记下来。其实记下来也没什么意义,能记下的无非是些只言片语,时间一久,忘记了当时的心情也是枉然。

梦里只会出现童年的家

　　小时候,家家户户住的都是木板房子,板壁又黑又薄,一摸一手黑。虽说破,老辈们说起来,年头也不太久。可能是近人事熏人气的缘故,旧得快。相比而言,山里头的寺庙,几百上千年,却有一种历久弥新的味道。

　　木板房子的优点是古旧的荫护感, 比一切家都更像家。刚时兴修砖瓦房子的时候,总觉得那更像一个机关单位,虽说宽敞明亮,住进去不暖和,现在住惯了才不觉得。木板房子夏天特别凉快,再毒的日头照进去立刻就被冰镇了。当然,缺点也很明显——没有私密性。夜深人静之时,隔壁的枕边话都能听得清清楚楚。楼上一走路,像滚闷雷,还掉灰,必须糊上个纸顶棚。

　　通常是用旧报纸糊,日子久了又黄又脆,这里破了个洞,那里又撕了一条,风一吹刮嗒刮嗒的。霜风腊月天,围着火盆,听着这烦人声音,便会和家人商议着要糊一糊。年年都说糊,怎么没糊呢? 想不明白,很纳闷。

那时候时兴床挨着墙,墙糊上报纸。女孩子爱干净,则在墙上贴块小花布,碎碎花,布上别着针头线脑等零星物件。床头有窗,窗上通常有袖珍的盆栽,也是不知名的碎花。窗口不当阳,外面是天井,半个破缸倒在墙角下,终年存着些脏雨水,天气一热,里面生出些比线还细的虫,红的、褐的,闪电一般绞着。

小时候的记忆,专在这些墙角屋后犄角旮旯的地方,如今一平方米一平方米算得死死的, 哪还有这样的地方让小孩子钻。现在的住房封闭,不见天也不接地。从家里出来就进了电梯;电梯下到车库;再封闭着把自己运出去,送到目的地,又进了另一处房子。小孩成天在这样的房子里,什么玩的都没有,也没有玩伴。

小时候,门前是街道,闹吵吵地总聚着十来个孩子。天窗、亮瓦、阁楼、木梯、天井,湿蒙蒙的光透进来,一切就像是在一个蛋里,咣咣当当有它自给自足的乐趣。

木板房子久了会歪,挤得隔壁的房子也歪了,半条街就这么歪了过去,便都在门口加根柱子撑住房梁。本也相安无事,近些年有人把老房子翻修成砖房,夹在中间的修出来只能是歪的。老街上经常能看见一排旧房子中间夹着这样的歪新房。砖瓦建筑严正的风格被打破了,很现代派艺术,像衣冠楚楚的富人进了贫民窟,被一群脏兮兮的穷人挤着拉着,有一种普天同庆的欢愉。照这个态势,整条街今后都会是歪的新房,若干年后被考古学家发现就费事了,怎么解释,比萨斜塔？风俗？文化？

歪出半条街后,忽然遇到座硬实的房子,戛然截住,不歪了。于是,之前一家便只有一侧的墙是斜的,吃了上家的亏,却占不到下家的便宜。翻修的时候肯定会有纠纷。宅基地,对于小市民来说,一寸一厘都是天大的事情。问题是人家只占了你的天,并没占你的地,况且整条街都是这样,实在不是个好断的官司。至于如何解决的,没有考证,不敢妄测。

修水泥马路,路面加高,老房子便会低于路面。本来就黑洞洞的,更阴暗潮湿了。有个和旧板壁同样颜色的老人终日坐在暗处,像件家具,若不是扇子偶尔动一下,很难认为是个活物。每次看见这样的屋子,总有一种想进去探险的欲望。里面又有什么呢？打小见惯了的,无非就是那样。

在新开发的路段买地盖房子,这股热潮从二十多年前就开始了。都临街修个五六层,明知住不了,单为个气

198

势。临街只有几米宽,却有二十几米长。门脸的价值是最大化了,却不宜居。一家挨着一家,像一排薄薄的切糕。中间狭长的部分不能采光通风,为了解决这个问题,便设了天井。过去一两层楼,天井尚且是个阴森的地方;如今几十米上去,天的刀光从高处刺下来,四周寒浸浸的不明真相,沿着楼梯间往上走,总疑心是监狱刑房之类的地方,让人心惊胆战。大面积的浪费和空间的压抑成了这种房子的特点。年轻人戏称它是"直桶桶",住在桶里自然是不舒服的。近几年,开发新式小区,年轻人便迫不及待地拿钱去买了公寓套间。这种房子便成了被淘汰的对象,五六层楼里,便只有一两个老人一"桶"江湖了。

父母住久了"直桶桶",一开始是向往套间的。来北京住了一回之后,马上就把套间否定了,理由是:"不松脚,不好玩。"不松脚的意思是空间太狭小,不如楼上楼下阳台天顶的走动起来畅快。不好玩那是肯定的,门一关,就是坐牢,哪像原来,大门一开,整条街是个总客厅,各家的堂屋只是分客厅。家家户户白天总敞着大门, 可以任意地串。串门无须什么特别的理由,见人家在炒菜,便可以笑嘻嘻地进去,"今天吃什么菜呀? " 见人家里来了亲戚,便做出似曾相识的样子,这可是你家里的什么什么人? 说错了也没关系,也都喜欢人来围观,才显得人缘好不冷清。若终日闭着大门,人就会猜了,是不是家里出什么事了,马上就会有人上门去慰问。

剥豆子,拔鸭毛,择小菜,拉长声气隔街说话,或者索性搬把竹椅子到人家门口去"扯乱谈",一坐便是一个下午。老得走不动了,搬条长凳挡着门,一头在门里,一头在门外,成天坐在那看路。街上的人都是认识她的,来来去去地都会和她打上个招呼,闲哈哈几句,桃梅梨果的,东西有限,推来让去地也是种有益身心的运动。我们那边说老人时日无多了,不直说,只说已经"出来看路了。"是说回另一个世界的路。

我庆幸自己是出生在一个小城市,别的不说,至少实现住房接地气接人气的梦想很容易,连地带房下来,比买套间贵得不多。近些年,这个梦想破灭了。政府出了新规定,不给个人批宅基地,只批给开发商。有钱也买不到地,没办法,只能去买商品房。

商品房立刻开始暴涨,下手要尽快,没有太多挑选的时间。很快就选好了。住在天上,老人总觉得心不安,又提出要一个车库。我们那边的商品房,第一层是车库,很大,容纳一辆加长的凯迪拉克没问题,也很贵,没个几万块下不来，却很抢手。城头到城尾，二十分钟就能走到，永远用不着买汽车，要个这么大的车库做什么？去小区里看看才知道，原来很多人把车库改成了堂屋，摆上电视沙发，贴上对联。和原来一样，开门就能见到熟人。只是堂屋和住房不连着，中间隔着几层楼。

离楼梯口近的车库已经卖完了，只有楼后的，要转个弯才能到，不能不说是种遗憾。有一天，爸爸在工地上转悠，见包工头有几分面熟，攀谈起来，对方给他一个建议，买第一层的房子，把客厅的地板凿开，直通楼下车库，这样车库就成了临街的堂屋，又和住房相连了。这个建议很快被全家一致通过，顿时云开雾散，皆大欢喜。全国只怕也很难找出这种格局的单元房，算是城市化过程中一种特殊的产物吧。忽略掉头上无数的邻居，简直可以把它当成独门独户的老式房子。

说了这么多，其实再好的地方住久了也就那么回事；再脏再破的家，住惯了是一样的舒适。老家的旧房子又潮又暗，卫生设备又原始，老人们照样健健康康活到很大岁数。在外头半生积蓄换来一个家，再花许多钱装修出来，又能如何，在内心深处不占有重要位置，经常在梦里出现的还是童年时的家。

现代化的监牢

长途汽车站的售票员，每年春节回去都要见她们一次。同样的声调、表情、姿势坐在那个小圆孔里。见一回老一回。

大公司，一个大开间，一大片格子连过去，蜂巢状，里面一台电脑一部电话一个人。要想交头接耳必须站起来探出头去，让全公司的人看见，否则只能埋头工作。

哪怕是格子以外，固定的时间路径上总能碰到同样的人。格子以外的生活也被格式化了，就像机器的内部结构，一个环节只能用最便捷的方式通向另一个环节。

每次看到他们就会想：他们为什么能忍受下去？从前的梦想呢？我不知道他们的梦想都去了哪里，但多少能了解一点梦想失去的过程。

念书的时候希望早点经济独立，以为这样就可以买想买的东西,或者随心所欲地去旅游。真等经济自主了就会发现,最必需的只有一样东西——房子。房子一买,十几二十年之内的生活还不如学生时代了。于是最简单的梦想都只能被挤压掉,现实和拘谨成了城市人的标签。乡下人没钱,却要豪爽得多,因为获得基本的生活物资比城市人容易。——唯一的办法就是更加努力地挣钱,于八小时之外再多拿出些时间来待在那个格子里。

房贷可以提前五年十年还清,不幸的是孩子又来了。过去一个底层的人养大四五个很平常,现在两夫妻工作养一个孩子都吃力,所以我怀疑生活水准是不是像大家说的那样真的在提高。

首先生孩子的成本要高得多。那么多女人喜欢剖腹产,平白地挨上一刀,留下条永久的皱纹趴在肚子上,爱美如命的现代人居然也会做如此不美观的事情。就算不在乎丈夫的感受,孩子的健康总该在乎吧。医学实验过,同样怀孕的老鼠,一只在无菌的环境里剖腹产,一只在野外烂泥里生产,后者的幼崽成活率要高得多。为什么?目前的医学不能完全解释。所有的哺乳动物里,只有人类分娩时有剧烈的疼痛,照现在这个趋势,只怕连自然分娩的能力也终将在文明的进程中被"文明"掉。

哺乳功能。大部分的母亲也已经丧失了。奶粉又是一大宗开销，为了安全还不得不买最好的。

总之，孩子需要的一切没有不花钱的。从前的母亲可以亲手预备孩子的衣服鞋袜之类，现在缝个扣子都要送洗衣店。母亲如果在家里学缝扣子，孩子就更养不起了。教育也是，从前的教育，稍有知识的父母就可以胜任，至多请一个塾师。如今一个孩子所需要的知识，需要各个学科，甚至是各个国家语种的老师共同来教。没有百十来万培养不出一个像样的孩子来。普通人的年薪也就是几万，为此又将葬送掉一二十年。学到底无非就是一个谋生能力——其实还未必，博士毕业大把的找不到工作。也不奇怪，如今的教育是为考试准备的，谋生是另一回事。

好容易孩子养大了，疾病又来了。医学征服疾病的速度永远赶不上医院征服钱包的速度。银行的利率也永远赶不上货币的贬值。对大众而言，金钱就像河里的水，怎么流来的还得怎么流走，而且下游的河道总是设计得比上游宽。在这样的人生里，很难有梦想的容身之地。食物、住房、教育、医疗这些最基本的东西对我们来说代价越来越高昂。丧失自由只为获得生存权，这是奴隶社会的规则，我们正在通往这个"理想"的路上。

看旧小说,看《清明上河图》,只觉得从前的京都满大街都是悠闲的人。人人身上精通好几门享乐的本事,呼朋唤友的好不逍遥。在北京,哪怕真是一个闲人也要假装让自己忙起来。空闲带来的恐慌便足以逼疯一个人,别说实实在在的压力。

城市里布满了轻轨、地铁、快速公交线路,起早贪黑的,也未必能追赶来一日三餐。眼中所见越来越贫乏。从前,比方说一个卖糖的,从乡下人手里把红薯或甜菜收来,熬成糖,再挨家挨户地去卖。在这个过程当中,他至少见过乡间的小溪、白鹅、牛在草地上吃草、菜园里带露凝霜的蔬菜、各种野生的鸟兽、晨曦、暮霭、郊外的山色、旷野里的暴雨、雨中瑟缩的水鸭,然后是城市里的种种市井风物,小孩子的馋相, 女孩子怎样故意尖着手指从男朋友手中拈过已经包好的糖……

现在,制糖的永远在车间里;卖糖的永远坐在超市的收银台后;经销商们只要在电脑上轻轻一点就可以了;运输的则在驾驶座上,眼前的道路永远千篇一律的迎面冲来,就像打游戏,只是没那么好玩。

四十岁以下所谓在物质文明里成长起来的人, 在公园里是很难看到的。下了班,他们宁可去咖啡厅酒吧,在另一个密闭的空间里再找一个格子来安放自己。

电脑是一切格子的总和,有史以来最伟大的监牢。很多人已经心悦诚服地认识到电脑里带来的不仅是方便,它呈现出来一切景象也比现实里的来得美好,情愿穷尽一切时间去面对它,甚至恋爱也由它代劳。

就连那些自诩爱好自然的人,在山里盖一个别墅,也要把门前的一小片土地围起来,方方正正地把自己圈在格子里,把山色和林烟挡在围墙外,这样心里才踏实。事实上连邻居家的猫都能越过围墙自由来去,别说盗贼,被限制的只有他自己。

格子的观念已深深植入了每一个现代人的身体里了,不用教化无须律法,就能让天下人尽入彀中,这是过去的一切文明都没办法做到的,只此一条便让人不得不由衷地赞叹现代文明的魔力和伟大。

称职的花花公子

标榜爱情至上的文人们,翻开他们的传记,净是些始乱终弃的故事。历代帝王,倒不乏从一而终的痴情人。

英格兰的爱德华二世,一生只爱他的同性恋情人加弗斯顿。先是为他忤逆了父亲,差点当不成国王。父亲死后,又为加弗斯顿得罪了所有的贵族,最后被篡位。其下场极为悲惨,王后恨他已极,命人用烧红的铁棍插进了他的肛门,他的惨叫声数里以外的村子都能听到。

五代十国的吴王钱镠,市井混混出身,大字不识几个,好勇斗狠,没有什么值得称道的功绩,因对妃子戴氏的痴情留名千古。戴妃每年寒食要返家探望双亲。钱王思念她,寄去一句话:"陌上花开,可缓缓归矣。"既思念又体贴,尤其"缓缓"二字,情意尽在其中,无以复加。清代王士祯说,此语"艳称千古","姿致无限,虽复文人操笔,无以过之。"让文人都自愧不如的风流句子竟从粗人嘴里出来，可见用情之深。

杨玉环年轻的时候，玄宗还有一个梅妃。他们"在天愿做比翼鸟"的那些年，杨玉环已经是一个年近四十的中年妇人。这种历久弥新的爱情，寻常百姓家都不常见，何况帝王家。

要说还有很多，为董鄂妃出家的顺治帝，为花蕊夫人送了命的后蜀孟昶，还有那些断袍断袖的汉代同性恋皇帝，为女人亡了国的更是一大堆。而我们身边，成天勾三搭四男人倒不少。相敬相爱，十年八年心无旁骛的何曾见过？

古往今来的皇帝加起来也没多少人，粗粗一算，当中痴情男子的比例已是高得惊人。唐代女道士鱼玄机说"易求无价宝，难得有情郎。"她哪里知道，她要的有情郎应该去皇帝堆里找。

帝王法定就可以拥有很多女人，这大概是他们更渴望从一而终的原因吧。人类一开始不也是群居杂交的吗？若不是我们的天性里有专情的一面，最早的婚姻从何而来。

恋爱初期，风为对方吹，花为对方开，性格里最美好的一面都是留给对方的。

一旦在一起了，真实的一面就来了：不刷牙，不做家务，在卧室抽烟，宁可渴着也不倒水喝，整天打游戏不说话，说话就惹人生气，情绪不稳定，看色情网站……在外头，为了面子，倒事事都好且有幽默感。有时候也能理解那些多情的人，见好就收，在对方讨厌的一面出现之前结束。

称职的花花公子，爱你哪怕只有一秒钟，这一秒也是真诚的、全身心的。先不管保鲜期，至少也新鲜欲滴过，那些被滋润过的女人才会忘不了他。有些无趣的男人，就算一辈子只有一个女人，那女人里面也是干枯的。

自从美国人登月成功，带回几段灰蒙蒙的影像，人类再也没写出过一首关于月亮的好诗。自从有了互联网，打开电脑就有无数的美色可以检阅，同床人怎么还可能同梦？

一座大山，远远近近几个宁静的村子，不过几十户人家。每隔几年总有那么几个男女到适婚的年纪。他们心里早已经想好了的。溪水边，野地里，笑过，闹过……只不过女孩子总要等父母先开口，说到自己的心意里去，这样才好。其实也不必想，选择空间就这么大，青春健硕的肉体，只要没残疾，都是诱惑的。结了婚，也会争吵，因为对方的小毛病，可心里还是只有他一个人。有一天，公路修了过来，其中的一个带着行李出去闯荡。后来的故事大家都很熟悉了。

没有爱是寂寞的，不能执着于一份爱则更寂寞。因此，电影里那些浪子荡妇们脸上少有满足的表情，抑郁、哀婉，总要沉湎在酒精和音乐的麻醉里。

不寂寞的爱是什么？就是心里只有对方，没有自己，连自己都忽略了，何来自己的寂寞呢？真能这样，首先幸福的也是你自己。爱就是这样，只有在付出中才能得到全然的快乐，得到却未必。想想我们一生中得到过多少爱？我们快乐了吗？

关于气味的记忆

对气味的记忆是最牢固的,忘记已经很多年的事情,通过一种气味的提醒,又能重新想起来。小时候过年,平白的想,想不起多少具体的细节,一闻到干冷空气里鞭炮的烟香,就什么都记起来了。台湾有部话剧叫《红色的天空》,里面有个失忆的老太太,洗脸的时候闻到了栀子花的香味,就想起了当年和初恋情人在河边的幽会——当时河边有株栀子花。

被气味感动得最深的一次是在北京的一个地铁站门口。当时是秋天,早上七八点钟,上班的时间,有雾,闻到一股烤红薯的香味——可能以前也有,只是没太注意。忽然想起了小时候上学的情景,也是这样干冷的空气,满街都是孩子,提着火箱,火箱里埋着红薯,就是这种炭星子里夹杂着的红薯香味。一下想起小时候的事情,走不动了,靠在地铁站门口,眼泪就流了下来。不知道是真的有这么值得感动,还是因为好久没有感动了,有些滥情。从大学毕业到现在,工作了几年,心里总有一种麻木的感觉,对一切事情都有些无动于衷。

越是在大的城市里生活,感动越是件奢侈的事情。我在戏剧学院上学的时候就发现了这一点,边远穷困地区来的同学要感性些,艺术天分也偏高。

记得高中的时候去看《阮玲玉》,一出电影院,下着好大的雨,所有的人都在电影院门口挤着,焦急地看着天。想着阮玲玉最后那个决绝的姿态,我独自一人挺身而出,往雨里走去。不知道后面的人是不是在看我,我没有回头看他们。我想,人本来就是孤独的,既然这样,又有什么好怕的呢?

去长沙学习音乐,遇到寒流,一下从夏天的温度变成了冬天。那时候交通不发达,几百里的路,要坐十来个小时,还是那种保温设施很差,夏天极热冬天极冷的车。我只穿了件衬衣,在车上已经冻成了冰棍儿,下车又遇到暴雨,站在雨里等着公共汽车,傻傻地淋着。一连过去几辆车我都没有上去,腿已经冷得不受大脑控制了。有个阿姨把一把伞遮在我头上,用长沙话嘀咕了两句什么,话不记得了。借着这把伞的力量,下一辆车来的时候,我才裹在人流里上了车。那个阿姨也上了车,站在我身边。一路上我没有看她,不知道为什么,就是抬不起头来。事后想想,可能是十几岁的小孩过于发达的自尊心作祟。事隔这么多年,还时常想起这件事,像看一个旧伤疤,由此对今天的自己感到一些满意。

在舞蹈学院的时候,很压抑。宿舍围了一圈很高的铁栅栏,比一层楼还高,因为学舞蹈的都很能攀爬。每天过了十点还是十一点,铁栅栏就锁上,禁止出入,违反规定处罚很严。有一天晚上,我和另外两个同学坐在铁栅栏外的台阶上不肯进去,任由宿管员怎么劝逼都不肯。我们说了一夜,谈委屈,谈理想,谈自己的才华不能施展,当时我们都相信自己是个天才。坐的地方和铁笼内的宿舍只隔几米,我们的行为是对所有同学的嘲讽。明天宿管员若告诉学校,我们会被当众处罚,可我们兴之所至,已经不害怕了;既然不害怕,明天将要发生的对我们而言就只剩出风头了,心里甚至有些希望它快点来。不远处,高高的一盏路灯,照着宿舍这一片,青灰的光,影寂寂的。铁栅栏一格一格的,后面的门和窗也是一格一格的,没有活人的气息。就凭这片死寂,也有理由相信自己是天才。

第二天,宿管员没有把这件事告诉学校,他大概也是怕担责任。我们多少有些失望。

挤公共汽车。看到老太太捯着肥短的腿,颠着胖身子,追着公共汽车。公共汽车的门槛都很高,老太太个子矮,攀着车门上去的姿势简直是爬。看到这样的情景我就会想起我的家人,我不会让他们在这样的年纪还去挤公共汽车。为了这一点,真的要努力,逼着自己往前,再往前……

偶尔神经敏感一下是可以的,如果年纪不小了还要受神经敏感的苦,恐怕迟早会精神上出问题,或者像张国荣那样自行了断。在这一点上,大部分人都有他们麻醉的办法。事业、名气、超出花销范围以外的金钱,甚至清高、避世,在某种意义上都是麻醉剂,向无趣的人生妥协时自找的理由。

无端的感动只会越来越少,尤其对年纪大的人,偶尔有那么一次,就像找出了一支中学作文比赛得的钢笔:已经旧了,不能用了,看一看又放回原处,没有扔。心里想着,迟早是要扔的,就先放那吧……

下 卷

菊花与枯骨

　　早上路过花市,看到进门的地方摆着几大缸菊花,这是今年第一次看到菊花。

　　花并不好,可能是人工催熟的,一朵朵肥肥的,过于富态。印象中,只有牡丹富态是好看的,别的花富态都不是那么回事,何况是以瘦见长的菊花,还齐崭崭地排列在那,手拉手肩并肩的像一群多胞胎,看着有些滑稽。

　　从花市出来,走到车站,公共汽车刚刚开过去,平时总有一股热浪扑过来,今天却没怎么觉得,噪音也没平时那么大,像一个做了错事的小孩,悄没声地就过去了,还真的是快到秋天了。难得天这么凉快,我沿着路边缓缓往前走去,一边走,一边胡思乱想。

　　先想起几个快忘记了的朋友,又想起有一年冬天去看望一个朋友的病。那天从医院出来,天已经黑了。医院对面有一座两层楼的鱼头火锅城，上下两溜落地的大玻璃窗，里面的灯光很亮，像博物馆的玻璃罩子，皇皇的陈列着那些吃饭的人。火锅店的一侧是一处古迹，黑墙上露出些黑屋顶，阴阴的透着鬼气；另一侧是一排打烊的商铺，一丝光都没有。死一样的两摊黑，捧出这么一个晶亮的东西，里面那么多人，一副副热烈的吃相。在他们之前，那么多的人，已经死掉了；今后的几十年，他们也会陆续死掉。地下堆满了人的骨头，——不光是地下，连周围的黑暗里也都是骨头，遮天蔽日的，可他们不觉得，照样吃得开心……

忽又想起《红楼梦》里的两句诗：

白骨如山忘姓氏，
无非公子与红妆。

《红楼梦》画成漫画该是这样：厚厚的一堆枯骨，上面梦一样的开出一蓬雾，雾里面是大观园里那一群少男少女，互相倚着挨着，裙衫叠叠，觥筹交错，或痴或笑的拥簇在一起，喝酒吃螃蟹赋菊花诗……

菊花的美是有些诡异的，到了深秋，菊花开得最好的

218

时候枝叶是枯干的，像死了一样——战场上的士兵都阵亡了,最后只有将军还站在尸骨堆上,他在笑,满脸菊花一样的皱纹……菊花的美有这种凄厉感,毕竟,开完它就是冬天了。越想越觉得活着是件荒唐的事,可怜大家还活得这么认真。

人是什么时候有了送花这个习惯的?不知道,也没见什么书上说过。大概从前家家都有一个院子,有院子就会种些什么。就算是穷人,茅屋草棚的,周围也该有些草和花;花开了,看了高兴,碰巧去见朋友,就会采几朵带过去,于是人就学会送花了。

送花贵在花和人相称,秦可卿屋里的《海棠春睡图》就是这样——海棠花初看淡雅,细看闷骚。

若送给年轻朴素的小学女老师,一束野菊花就可以,不知名的野花更好,取一种"我从山中来"的小城市文艺气息。

送给青年才子,或者文艺前辈,不要去花店,找个公园,折几枝竹子半枝桃花送去。一并插在瓶子里,清高的外表下,露出些粉色的里子,再合适不过了。

送给美貌的富商遗孀,若是年纪不轻又偏于丰满的,必须是牡丹;没有牡丹,就用芍药美人蕉,颜色越浓的越好,总之,要够艳够烈。

小姑娘,别的花都犯冲,茉莉还勉强可以,因为花型小,看不太清楚,取它的香味。不要成束,几朵就行,最好是穿起来,做成项链或镯子,那缕淡淡的味道,会让你分不清是花上的还是身上的。

要是演出送花,百合最好,够热闹够打眼。

要是送给长辈,有可能,送几片新长的芭蕉叶,配上些松竹。作为背景,会让年老的人看上去精神许多。千万别只送松枝,会联想起陵园。送菖蒲艾叶也可以,又芳香又治病,老年人用得着,挂在门上也是很浑朴的装饰品。

要是有应时应季的好花好草,这些都可以不理论,送就是了。

当然,以上只是些设想,实现起来还是很困难的。也怕对方不领情,还当你是图省钱。

从前的人送花和今天的人送花,心情不会有两样;至于花不会一样。从前的花,应该是纷乱的一束,用草扎起来,或用篮子装着,上面沾着土和碎草。有知道名字的,也有不知道名字的。收到不知名的花是更高兴的事情,因为那时候没有生物学,要想知道世界上有哪些花,除非自己去找,否则到死也看不到。有人送来岂不便宜?

220

现在送的花,大家都知道,无非是那几种,包装也很统一,太没有意外了。

下次,索性在小区里折根树枝插在瓶子里,又阔朗又大方,要是冬天的枯枝,还有萧萧的久远的意境。

不识梅

可笑我还自以为是个文化人,跑到杭州郊外的一座小山上,看到一株梅花居然不认识,亏得旁边洒扫的娘姨赐教才知道。不过,也不能怪我少见识,梅树我是见过的,南京明孝陵专门有座梅山,只是去的时候不开花。谁没事冬天跑出去游山玩水呢?这次是走了运了,碰到五十年未遇的冰冻,连龙井茶都晚了一个月抽芽,才在杭州看到了梅花。

说心里话,看了有些失望。

在中国文化里,梅花是一样被神化了的东西。问题就出在这:一个被标榜得很高的人,一旦露出毛病,尤其的遭嫌恶。这种不可理喻的惯性思维就是人的性情——性情和人情是要分开来看的,人情精明实利;性情却难免偏狭自欺、趋害避利、知错犯错。

222

印象里的梅花飘逸冷艳，事实上在杭州园林里看到的梅花不是这样：细致的花瓣一片不错地排列着，半开的时候，外缘能完全拼合成个圆形，有种说不出来的拘谨和放不开。可能是太精工太圆满了，就像有了几岁年纪的少妇，打扮素净，随和爱笑，有表有里，步步相随，男人再没有不买账的道理，却总觉得少了些什么，像半温不凉的汤，好喝但不过瘾。

　　所谓"暗香浮动月黄昏"，也不是这样。它的香味很贼，让人联想起钢笔水、脏衣服上的香水味或者妇女病。而且稠而沉，从下面往上泛，吸一口到心里就滞住了，像吃多了甜食不消化。闻久了只会让人得抑郁症。

　　"红岩上红梅开"，梅花一度是革命的象征，老首长家里的瓷器统一都是梅花图案，庄重而素雅。舞蹈家喜欢把梅花表现得妖冶狂放。眼前的梅花和这些感觉都挨不上，枝太密，花又太满，没什么不得了的气质。看来，梅花无非是沾了天寒地冻的光，若是春天，桃李争春的，它不过是最平常的一树花。

　　当然，人有美丑妍媸，树想来也一样。或许是没有看到真正有味道的梅花。这次看到的都太年少了，不是画上那种半枯的老梅。一般说来，树越老花越好看。见过一株

223

幼小光滑的桃树上开的桃花，扎纸铺里扎出来的哭丧棒一样不自然。

环境也有一定的原因，要是开在悬崖绝壁，或者废园古寺，效果必定会不一样。

更重要的是没有雪。这样艳阳高照的大中午，实在不适合看梅花。

看完梅花，回到西湖边已是傍晚。早春二月，无风无鸟无虫，静谧得空无一物，触目轻晕薄染，皆像浸在阴沉沉的旧水缸里。岸边的柳树柔媚至极，枝丫已经像烟了，柳丝更是细得定神看都未必能看清楚，似乎被水一样的空气融化了。这个时候若返回去再看那些梅花，兴许会有不一样的味道。

西湖边上还没长出叶子来的法国梧桐很好，有一种气势磅礴的妖媚。枝条就比寻常的大树还要大，别说主干。形状像水里四射的油墨：半弧形的、颤线形的、垂肩送腰做舞蹈态的都有。情态的憨顽与外表的苍老极不相称。巨大的重力全压在矮壮的主干上——有长辈在，岁数再大也会忍不住要撒撒娇犯犯浑的。

古代文人士大夫笔下的梅花，枝干常有风雷之势，或者像锈铁腐石一样冷硬，花却只有淡媚的几点。就算不画背景,也能感觉到是长在幽险的池潭边,或者枯木怪石旁。看过近现代画家画的梅花,风骨上差了很多,枝也懒了,花也多了,颜色也丰富了,一副大可不必画在那里的样子,完全没有了那种存在感。不知道是画家手段不济,还是今天实在没有像样的梅花可参看。

我相信古人笔下那样的梅花现实中还是有的。1977年美国人将录有古琴曲《流水》(就是《高山流水》的一部分)的喷金铜唱片送入太空。据说这张唱片能保存十亿年。假设要送张最能代表东方审美的图像到宇宙里去,雪后悬崖边的老梅应当是最合适的。

若干年以后,外太空的人若真能看到,他们的科学家一定会猜测:人类有这么美的艺术,该是爱护自然的,不会是自身的原因造成的灭绝,一定是外来的原因,比如碰撞。

诗人、哲学家当然又是另一番说辞:这是人类看到自己的灭绝不可逆转时,对曾经拥有的美好的一切的追悔。

其实,这不过是人类在向宇宙向造物主炫耀自己而已。

恋爱和旅行

　　恋爱快乐，还是旅行快乐？我想好了，假如恋爱，就带上恋人去旅行，将这世上最快乐的两件事合在一起。

　　两个人去旅行不是没有过，没有想象的那么美好。你要往东她要往西，世上哪有想法一致的人呢。很多恋人一天到晚吵架怄气，这是对人生最大的不珍惜。假若你喜欢痛苦，人生尽有各式的痛苦让你去享用，不必再拉上一个人，以至于不能尽兴。

　　说到痛苦，为什么艺术作品总是表现痛苦的多？尤其是西方艺术家，动不动就人类命运痛苦挣扎之类。其实老百姓看凡·高更愿意看成是色彩艳丽的装饰画，看蒙克看成是精神病，而不愿意将画里的痛苦和自己扯上干系。

　　这一点上中国的艺术家比较超脱，他们只画石竹兰草烟雨杨柳，总之，眼中所见无一不是好的。他们总能将人生的不称意化为超然洒脱的画面。所以西方的艺术家自杀的很多,东方的艺术家多数白须飘飘得享高寿。艺术家活得不快乐其实是没有职业操守,自己都活不好,有什么资格弄出作品来去影响别人的精神世界?

有人说,怎么会有那么好的事,恋爱的时候恰好又有时间去旅行。若真没有时间,也未必就要远行,其实只要有心,随处都有好风景。比如晴天,只要有个空旷的地方远眺,心情就会无比地舒爽。山水则是阴雨天的好,大太阳底下没什么意思。夏天的雨后最适合进山,单是日光下亮闪闪的绿叶子都会让你觉得不虚此行。雨洗过的山林暗处极暗明处极明。树皮青石竹尖藤梢上的雨水美到语言不能形容,仔细看去,心里会生出一种平静的欣喜若狂。

去大江大湖边要阴雨绵绵才好。傅抱石画的《湘夫人》,江上的雨雾莽原般暗夜般逼人而来。水边的人却只是虚淡的几笔,几乎成了雾了。这种狂放的对比极传神地画出了阴雨天水边的心境。

夏天适合看雨,尤其是突降的暴雨,忽然天一黑,还没来得及看见乌云,狂风便卷着酒杯大的雨点子连土带水砸起几丈高的雾来。等你赶出门去看的时候已经过去了,天已放晴，像什么都没发生过，只有半塘翻了面的荷叶，白花花的水滴提醒你刚才发生过什么。

大风天去海边不错。在北海的时候，只要有风我就会去冠头岭。尤其是大风天的清晨，雾气浸着低处的树林，海看不见了，走到近前才能看见海水在半空中悬着，圆鼓着，如同一个巨大的天体。远处是雾蓝，近处是灰绿，乱云中射下冰锥般的天光击打在海面上，乍明乍灭，绿琉璃上爆出一堆堆白琉璃。

断崖下可以避风，崖上的树在风里的狂舞乱炸，大多数是松树和相思树。平时路过的时候，就觉得这些树长得奇怪，松树很狂放，枝条上冲下指，方向莫测。相思树的叶子像竹叶，本就古茂秀气，崖上的几株更是疏薄苍劲，洒洒荡荡，上古之民的风神。今天才知道，这种超乎寻常的美是常年的狂风造就的。想要拥有超常的美，都是要付出代价的，风景是如此，人也是如此。爱就不一样，爱人的人内心是平安的，道路是平坦的，因为上帝早有预备，这大概就是"爱"比"美"伟大的原因吧。

是该多想想人生里美好的事情了，夏天池塘边的凉风，冬天和家人围着火炉，雨后树林里散步，清晨的半梦中听到鸟鸣……这些快乐随手可得，无须别人施舍，更不用金钱换取。

　　其实旅行最重要的不是去哪里,而是和谁,所以去哪里都一样,去你的家乡吧,看看青山绿水,陪你在从小生活过的地方转转看看,让你既有父母的关爱,又有恋人的陪伴,想想你会是怎样一副幸福的表情,还等什么,跟我走吧。

伴山吃鸭

　　家乡人说的"伴山"是云山脚下伴山水库的简称。近两年很流行去那里的一个农家饭馆吃血浆鸭。政府机关的人开着公家的车,年轻人骑着摩托车,成群结队地去。一只鸭卖到五十块,北京的烤鸭也不过才三十八块。前几天我和几个朋友慕名去吃了一次。饭馆是个最典型的农舍:

　　前面有几株竹子,几株柚子树。竹子是比常见的高大的那一种。匀净粗实的竹节,表面幽青,竹节处有一些白白的东西,像霜。一层楼高的地方才分枝长叶,叶子很细,密密的。一个高大的男人,若长着双细长秀气的单眼皮眼睛是很性感的,这株竹子便是证明。吃饭的桌椅就设在下面。

　　屋后有猪圈,连着茅厕,角落里堆满了干稻草,垒垒垂垂的,显得寒酸而丰足——穷虽穷,客人来了,鸡鸭还是有的。以前城里就有这样的设置,这些年见不到了。

炒菜是土垒的大灶，烧柴火。灶的上方吊着蛛网，蛛丝上结着小细珠子，可能是油烟，破破落落地凝固在空中。灶周围的土墙是黑的，呈放射状往四周变淡，油裹烟积，年深日久的，看得人很委顿，很想偎在灶边的茅草堆里睡一觉。锅也是黑黑的一张大口，灶膛里不时地爆裂一声，锅沿下的火舌迅疾地一卷，咳出一口烟灰。满天都是细毛毛，锅里落进去的应该也不少，却并不觉得脏，就像有的人很邋遢，看着还是清爽的；有的人很爱干净，看上去却很脏。大学的食堂倒是白瓷砖擦得锃亮，总让人疑心饭里面不干净。

屋子旁边是山泉，翩翩连连从云山上飘下来。水清得像没有一样，偶尔捉住一小片阳光，极亮的一闪，瞬间就消失了。遇到阻碍，水回旋成一堆白云；遇到缓坡，又梳成一排珠帘，发出银亮的响声。世界上最调皮的女孩子，可能都不及这条山泉一半的灵动。洗菜、喝水、客人洗手洗脚全在这里面，中间还浸了几个烧水的铁壶，可能是茶。

鸭子是不错，当地的土鸭；至于味道，平心而论，城里能干些的家庭妇女，十之五六也能炒出这个水平。吃得并不舒服，等就等了一个多小时，还在内脏里吃出没洗净的谷子。男主人的脸色也不好看，一张狭长的脸，两腮往下沉,眉毛倒挑上去,拗起来,恶形恶相的,放东西也特别重。本来是淳朴的乡下人,突然这么暴利的挣钱,心里到底有些不安,又怕被人看出来,便故意做出这样不耐烦的表情,好像极不愿意做这个生意一样。也可能是客人太多,被人三催四逼就成了这样的表情。吃完后,天已经快黑了,还有好多车明晃晃灯簇簇地沿着山路开上来。

我四处看了看,找到了这么几个生意好的原因:

城里太小,活动的地方有限,出城一次总要有个由头,吃当然是个最好不过的由头。

一顿饭吃下来,顺带欣赏了山野风光。心再细些的,移情于这些农家陈设,尤其是那些政府部门的人,大多出自乡下,如今城里的奢侈豪华早就腻烦了,坐在这里想想过去,难得有这样的片刻安宁。城里的孩子,呼哥唤妹的,东看看西看看,说一堆脏话笑话,再喝几杯,醉醺醺地飙车下山,也很刺激。

我一边吃,一边欣赏周围的山色。近处一两个山头是冥褐色,远处的皆作烟蓝,薄薄的,风一吹就会散。太阳落下去的刹那,山顶的天是钢蓝色的。随着山色转暗,山好像在长高,向人压过来。暮色一合,百虫齐鸣,山里的虫都是大嗓门,如蒸如煮,农舍便分外寂寥。心里有一种惬意

232

的感伤,爽得不可思议。

过了几天,和上次几个朋友又去吃,便觉得看什么都进不到心里去,有些索然无味。再看同行的几个朋友,照样东看西看,和农民打趣说笑,像第一次来一样。我忽然想起我们那边的一句俗话:道破不灵。可能是我把喜欢来的原因想得太清楚的缘故。

"水至清则无鱼,人至察则无徒。"现在可以这样修改一下:人至察则无趣。

注:云山位于湖南省武冈市郊,风光奇秀,国内罕见,因地处偏远,遭际便只能和邻县永州柳宗元笔下那些山水一样了。

牡丹虽好

虽说真的牡丹并不多见,可这也并不妨碍牡丹成为最常见的东西:名人字画自不必说;各种花边轧纹也常有牡丹的影子;古装剧里略微富贵些的场景,总有大幅的牡丹画。

过去的中国人大概太怕空虚,恨不得把一切缝隙都填满:被子上要绣鸳鸯,最古朴含蓄的催情;盖杯上要描山水,作为茶香的插图和注解;檐下挂着鸟笼,单为漱口和出门时逗上那么几声;扇面上有折枝桃花或书法,会客无聊时好有意无意地看;窗外要种竹,还必须是疏竹,不会耽误推窗望月;芭蕉种在廊下是听雨用的,实在腻烦的雨天,可以到那里去寻觅愁恨;梧桐据说对声音有极好的辨识能力,能与和谐优美的声音形成共鸣,自然就能把不好的声音筛出去——贾母到探春的屋里,一阵风过听到远处的鼓乐之声,便知窗外有梧桐。

牡丹既称"富贵花",更是处处少不了它。古人还有一种很极端的设计:把牡丹和孔雀、玉兰、锦鸡、龙凤这些富丽堂皇的东西组合在一起,便是"玉堂富贵图"或"龙凤呈祥图"。

据说慈禧曾经叫"兰贵人",她有没有画过兰花不知道,流传至今的有一幅牡丹。花有钵子一样大,斜刺里长长地伸出去,细梗还能弯翘向上,看着有些假。花的安放也不自如,左顾右盼地总不是地方,看久了只觉得心烦意乱。不过还是很完整的一幅牡丹图,下边压衬着好些野菊和兰草。从款识上看是光绪年间画的,一个没有性生活的中年女人,还干男人的活,自然不能心平气和。

洛阳自古就是出牡丹的地方,据记载,在宋代品种达到了一百多种。最有名的是姚黄、魏紫。一支魏紫在当时要一千钱。仁宗时,每年要把洛阳最好看的几朵魏紫派驿卒星夜兼程送往皇宫。姚黄则有价无市。有的姚黄直径可达一尺,号称"一尺黄"。最亮堂的颜色,用最大的面积开出来,自然成了中国人心目中最尊贵的牡丹品种。宣和年间,洛阳的花工用如玉千叶、玉楼春等白牡丹的原种培植出一种绿牡丹,叫"欧家碧",比姚黄还贵。当时的士大夫

235

见了一定会认为是不祥的,因为干预了造化,有违天理。不过,宋代商业那么发达,这种事情想来也难免。

本来想春天去洛阳看牡丹的, 这种念头在心里存着极好,真到了临时就拿不出那么大的兴致来了。于是折了个中,到恭王府的牡丹园去看了看。春夏之交的太阳底下,满园子的牡丹发出兴兴烈烈的气味, 类似晒中草药那种微苦的生发气。花果然是大。鼓胀着未开足的,看着总有些遗憾,觉得未到极处。真开到极处的,又总有那么几片外层的花瓣摇摇倒倒,将坠未坠,且有些脏,像污秽的手帕。想想《红楼梦》里"烈火烹油、鲜花着锦"八个字,好上还要加好也是人之常情。可是到了极处又能怎样?美中自有不足,好事常常多魔,牡丹开到极处都未必是那个意思,何况其他。

比起盛开的牡丹,我对残败的更神往,那么煊赫地败落下来, 定会有不一般的心理刺激。宋代陆升之路过临安,见一个老乞婆接屋檐水洗脚,乞婆对陆升之说,她就是曾经红极一时的名妓秦妙观, 当年许多画工绘制她的图像,畅销南北。当年和皇帝有过桃色新闻的李师师,晚景好像也不妙,潦倒于湖湘间,有的说她流落在临安。上世纪三十年代有个电影明星叫杨耐梅, 据说打牌一晚上能

236

输掉八万银圆。她在银幕上最经典的形象就是演一个站在阳台上向路人撒钱的豪放女。几十年后有人看见她在香港街头行乞。少年得志的时候以为什么都会有，阴差阳错到头来落得两手空空，这样的事情编在戏里都是老套路了，并不稀奇。

当然，富贵也不一定都是好，牡丹好是好看，瘦弱的枝上顶着那么大的一朵花，看着太累，总怕它会一头栽下来。世上人人只见富贵的好，又有几人知道富贵的累。

槿

在北京的小区里见过一种树,不高,介于树和灌木之间,极细又极直。叶子有些像菊花,枝条贴着树干向上收束,像把扎紧的伞。从没见过神态这么认真的树,新生军训,统一服装站成一排,男生里最精神的一个便是它。

上次去南京,在一户人家门口又看见了这种树。树很老,树冠打得很开,朝着阳光的方向随和地舒展着,有一种高昂的夭娇。树上开着好多的白花,芍药、牡丹般花形的繁复娇艳,只是要小许多。初日照在高处的枝叶上,更显得树伟花明,通体清扬腾踔,美得很有力量。在这种力量面前,所有的千娇百媚仿佛都次要了,只是过程,是流光一转。

看到这树花,脑子里浮现的第一个念头就是"初唐四杰"。准确地讲是卢照邻的《长安古意》,只有这首诗的意境能类比这树花的美:

长安大道连狭斜，青牛白马七香车。

玉辇纵横过主第，金鞭络绎向侯家。

龙衔宝盖承朝日，凤吐流苏带晚霞。

百丈游丝争绕树，一群娇鸟共啼花。

…………

一样是六朝宫体诗靡丽的辞藻，却有着一种长风朗日的气势。

人们形容牡丹是国色天香，牡丹未必香，可担当个"国"字绰绰有余。眼前的这树花，再往前迈一步就是牡丹，是盛唐的气象了。可它偏偏不肯迈出去，只现出了三分的艳丽，却凝聚着七分的气力在它的仪态里。有力量的东西不一定美，可美的东西一定是有力量的，否则就只是一种萎靡的作态。这树花好就好在它把娇艳和力量集于了一身。

越是美的东西越容易陷入浮迷，从梁简文帝到初唐的上官仪时代，诗歌至少已经有气无力了一百多年，里面全是毫无创意和进攻性的淫荡，终于被"四杰"豪放的长啸打破。这种长啸不仅有苍凉孤寂，还有富丽堂皇的人欲，狂花浪柳的跋扈，因而也就美得空前绝代。

　　如果把盛唐诗歌比作一个盛宴，从"四杰"的暴风雨里走进金光耀眼，暖风融融的宴会厅之前，不妨稍停片刻。站在廊下，看风雨渐渐收去，于隔窗的喧闹声中把自己间离出来，在月色下孤独地感受一下此时的心情，这样便能达到诗意的顶点。这个顶点便是横在"四杰"和盛唐之间，号称"孤篇盖全唐"的《春江花月夜》：

春江潮水连海平，海上明月共潮生。

潋滟随波千万里，何处春江无月明。

…………

江畔何人初见月？江月何年初照人？

人生代代无穷已，江月年年只相似。

不知江月待何人，但见长江送流水。

…………

　　如果说这首诗写的只是时空的渺茫和无穷，那就太低估这首诗了。说到底写的是人，写的是做爱后的空虚；小时候站在黄昏旷野里那种发自本能的孤独感。只有在这种时候，肉体和那个代表精神个体的渺渺冥冥的"我"

240

才如此清晰和绝对地站在一起，震怖地面对着宇宙里一切的未知。这首诗的伟大之处就在于写到了本能的至深之处。

李白、杜甫这两个天才独立的作家除外，最能代表盛唐诗歌意境的，如王维的《过香积寺》：

不知香积寺，数里入云峰。

古木无人径，深山何处钟。

泉声咽危石，日色冷青松。

薄暮空潭曲，安禅制毒龙。

看了也承认它好，却是理性的赞叹多于感动，因为里面没有人。太空灵太冷了，没有留下任何落脚的地方，人是会走的，还要回到那个亲切的，梦境般的江边去。况且技艺太纯熟，作者真实的自我已经使不上力气，感情更被远远地排挤到次要的位置。无人无情，我们便说它有禅味，事实上是另一种更优雅的作态。

回到湖南，在城郊的一户人家门口又一次看到了这种树。树龄介于北京和南京的之间，由于正当盛年，比那两棵都要好看。枝条像美人的脖子一样修长的梗立着，保持着收束,到了高处才像花萼一样赫赫展开,通体有一种云水般舒卷的美。花竟有红、白、紫三色,真是一种撼人心魄的豪奢场面。偶尔看到完全开放的花,只觉得怒艳之极,刚想看个究竟,它便合上了,深深地敛藏到叶子里去。有时候几朵花同时开了, 看清这个便看不清那个, 灵光离合,乍阴乍阳,让人心神恍惚。

　　它的花一般只有一天的寿命。太美的东西大概都不会长久,"初唐四杰"有三个死于非命便是明证。长又如何,长生不老毕竟不是"永生"。基督教里的"永生"要脱离了这个粉白朱红的肉体后才能商量。一切美景在无垠的时空里不过是地球上昙花一现的幻境, 最终会回到永恒的荒凉死寂里去。

　　树下打扇子乘凉的人说这种花叫鸡肉花, 粗俗得把我吓了一跳。不过有名字就好办。在网上查了一下,鸡肉花是木槿的别名。之所以叫鸡肉花是因为能吃。也可入药,药性是清热去湿,止吐止泄。夏天的花治夏天的病,朝开暮落方便人拾取, 这种自然界的小设计常常让人不得不相信造物主的存在。

山下

    回北京的前一天,吃完晚饭,本来想找几个朋友出来唱唱歌喝喝酒,道别一下。走到街上,看到出城的岔路口停着几辆出租的摩托车,我改变了主意,招手叫过来一辆,对司机说:"去云山。"

    上小学的时候,春游爬山是最大的苦差,现在只要回家,就算是冬天也要去山前看一看。

    摩托车开到山下,天已经快黑了,路上一个人都没有。我想着等一下怎么回去,便对摩托车司机说:"你要愿意等我,我四十分钟后回来。"司机怀疑地看着我。可能是因为常年风吹日晒,他的脸像枚皱黑的干红枣,苦大仇深的表情,还挂着个忍受搔痒般的笑容,被他看一眼,会立即怀疑自己是个吝啬自私的骗子。我连忙说:"你要怕耽误做生意你就走吧。"我的确估计不到自己四十分钟后的心情,会不会回来。他见我模棱两可,便用脚踢开车撑,沿着山路往下滑去。我想,回不去才好,才有意思,偶尔不顾后果地胡来一回也是很刺激的。

缘着山脚下的小路往前走去,天上只有冥冥的一点微光,山已经看不见了,只有一个阴静的轮廓。虽然是夏天,到处都是寒黪黪的,安静得吓人。心里恍恍惚惚出现一个念头:这个世界上的人都消失了,亲人朋友都没有了,再也不会回来了,只剩下我一个人在荒郊野外……心里空落落的,很难受。

一头牛走过来,后面还跟着一个人,颈上顶着个麻布包。他们都是无声无息地走,走过我身边的时候一点避让的意思都没有,好像对我没有任何察觉,又像是和我重叠着过去的,让我不由得怀疑他们不是活物。我怕这种害怕扩大,马上纠正了这个念头:他们可能是真的没看见我。一个人若肯死心塌地地在地里翻啃一辈子,可能也会像蚯蚓一样,只有极弱的视觉和听觉。

跟着人和牛,看到了几处农舍,昏黄的透出些毛茸茸的光,藏在高一丛矮一丛的阴影里。有猪圈的沤骚味。有一个明正的声音,容不得别人插言的口气,斩钉截铁地在说话——是《新闻联播》。

起风了,吹到身上没有多少,四周全是汹涌的树叶摩擦的声音,听起来周围有很多的树。有个妇女在扯长声气喊什么,喊了又喊,像隔着河隔着田,又像在耳边,却一个字都听不清楚,可能是因为风大。

　　一群白鹅在前面颠颠跛跛地跑, 一个乡下姑娘在赶着它们。风把她的衣服吹得紧紧贴在身上,扁瘦得树枝一样。她手里拿着根杆子,杆子上挑着个什么,好像是塑料袋。路边有间黑屋子,很矮,歪歪的,那种没有烧制过的土砖砌的,没有灯。准确地说,那群鹅是被风恫吓着自己跑回去的,她只是抱着杆子,看着脚下的地,慢慢地走,想心事。我没有马上走过去,怕打断她的思路。这种惆怅我太了解了,又是在风里面……

　　我像个游魂一样,在田间和农人的壁角转来绕去。闻着那些湿湿沤沤的味道,听他们在屋里说笑唤人吵嘴,感觉是在异地他乡做梦。在北京, 我经常会梦见小时候的事,其中就有这样的情景:在天黑的时候四处游荡,直到心慌得受不了才跑回家去挨骂吃饭。

　　还有一个经常做的梦是梦见六岁以前睡在老屋的楼上。一家人打地铺,接连阴雨的天气,又是木板房子,周围一片湿黑,大人在说话,雾蒙蒙的听不清楚。后面巷子里檐口滴水,许久许久有那么清亮的一声,在梅雨天的夜里,这是唯一干净明朗的印象。整个梦都是模糊的,只有这个声音异常清晰。每次梦见这个声音,就能忘掉很多工作人事上的烦恼,心里安静一整天。今天晚上的闲荡,十年八年后要是真能梦见,兴许够我安静得更久些。

回去的时候,天已经黑透,尤其是山,一整片实心的连浓淡都没有的黑,好久没见过这么黑的夜晚了。山前有一个模糊的影子,看不清是什么,淡到不能再淡,像玻璃盘子上的一抹水痕,瞬间就会干掉——是那个摩托车司机。

翠云峰

三月七日,阴冷,出城去寻桃花,见一条新修的小路上用碎瓷镶着翠云村何年何月修之类的字样。从小就常听到翠云峰这个山名,从来没去过,翠云村想必就在翠云峰下面,就算路上看不到桃花,看看翠云峰也是不错的。

"翠云""富田""五里牌"这些字眼儿从小就很熟悉,无非就是农村的意思。别的名称倒没什么,只有"翠云"这两个字听上去分外有些味道:云自然是白的,怎么会是翠色?"翠"到底是什么颜色,也不甚分明。有说翠就是绿色。绿色本就是蓝色和黄色混在一起的,偏黄的是嫩绿,那翠绿自然就是偏蓝的。当然,我也不太懂色彩学上这些东西,只是这么猜。

往前走是一条半边的街道,一侧是房屋,一侧是大片的田地。早春的田野没有蛙声虫鸣,也没有农人,连牛都

247

没有出来,触目所及都是湿漉漉黑黏黏的,安静瑟缩得像一坛子腌菜,永远亮不起来的远古的黎明,看久了让人心神凄惶。

路边偶尔有几块菜地,大都种着白菜。有些肥大的叶片仰倒在地上,又脏又烂,中间嫩的部分已经被取走了。不知道为什么,比屠宰后的猪羊更觉得凄惨,可能是不常见的缘故。上了些岁数的女人若还要失恋,大概也是这副样子:心被挖走了,剩下的这副皮囊只是让自己觉得黯败累赘和可厌。饶是这样掐心取尖,挑上街还要被人挑拣,卖不掉的也只好当街倒掉。

看见一种野生的菜,形状像莴苣,个子高挺,叶片细长,略呈波浪状,比菜地里的莴苣纷披烂漫得多。蔬菜集体种在菜地里是最没有看头的,尤其施了些化肥齐整些的更是如此。野生蔬菜的效果截然不同。它的体积远远大于周围那些杂草,显得无比的富态,像唐代仕女画里的贵妇,被一群明显矮小化的女仆簇拥着;又像歌剧里的咏叹调,冗长的合唱永远是技术层面居多的,在主人公情感喷发的时候,天才的音乐家往往能挣脱技术的束缚,直接从内心里涌出大段大段的音符,眩目夺神,浑然天成。

走过这条半边的街,上一个坡,便看到了空旷的田野。

前面有几座屏风一样的山峰,不高,是云山脚下的小山峦。逼目而来的就是山峰上一障深蓝色的烟,——又比深蓝多出了些什么,蓝得更崭新醒脾,似乎透着苍绿,再看又有幽紫,——难怪当地人管它叫翠云峰。半山腰以上,这些烟气便凝成了半成形的云,到了山顶又消散掉,化成了烟霭,云山的主峰完全消失在烟霭里。

我想弄清楚这种烟气到底是怎么生出来的,便决定到山上去看一看。走到山脚下,发现不过是几个最普通的山头,满山都是短松和茅草。茅草高的有一人多高,带状的长叶直接从地里长出来,伸到空中,怒涌劲拔,几十上百株长成一攒,像兵器库。

山脚下有两株桃花,十步开外有几户人家和几座坟茔。一家门口站着两个女人,一个在打毛衣,一个在给孩子喂饭。桃花最合适开在这种人烟荒芜,生死两隔的地方,太规整的园林或险峻的山崖反而显不出它的妖艳来。桃花已掉了花瓣,只余细毛毛一样的花蕊。桃叶也都密密匝匝地冒出来了。前几天看桃花还是满树枯枝,花没开足,今天看就已经是这样残败了,也未免太短暂了些。古人惯用桃花来比喻人生,所谓"洛阳城东桃李花,飞来飞去落谁家?洛阳儿女惜颜色,行逢落花常叹息。"其实,和人相比,

249

桃花还算好的了,毕竟来年还会再开,人一旦死去,此身此心便再也没有了。

顺着两山的夹道往里走去, 没走多远便看见一座土台,土台后面是两三亩见方的小水塘。这里本是五六座小山围成的一个山谷,当地人在出口夯了这个土台,把山泉水拦聚在谷里。山高的也就百来米;矮的不过一两层楼高,呈缓坡状,似岛似渚,湿漉漉地从水里爬出来,上面的杉柏尤其浓绿,水塘则被掐成了蝴蝶的形状。站在台上往里看,谷内光线很弱,一团暗沉沉润阴阴的森翠之气,比山上的翠色更深更幽,凝神看却有些晃眼,必须虚着眼睛。水上似有烟气,又看不见任何的流动。

忽有风来,空中的云雾开了,一大片天光剑簇簇地漏下来,云雾外,千万根树尖直挺挺地刺向天上去,四面皆是大树震动的声音,还没看清是什么树,只一敛,天光轰的一声合上了,谷内愈发显得昏暗了。走在土台上,脚下是软绵绵的草和土,眼前迷离,心神涣散,像走在水底,又像在云中。

不知道为什么,心里隐约有些乱,惴惴惧惧的,有一种想赶快离开的感觉。我连忙下了土台,心里才安定了下来。在山道上回神一想, 觉得有些莫明其妙——大概舒服的

250

体验和不舒服是一样的,过了头都会让人受不了。

　　回去的路上,看见一户农家门口有人在打麻将。很羡慕这些普通的农人,因为他们每天都可以看见这样的山色。记不得是哪一位日本作家了,这样描写祭祀活动:烈日底下,有地位的人坐在场地的最中央,穷人只能站在后面,后面有树,他们因为穷所以享受到了荫凉。这里的农人也一样,虽然门前连条像样的马路都没有,却可以享受这样的风景,可见只有上帝是不会亏待任何一个人的。也许他们很少注意这些山,我十九岁离开老家之前也不懂得欣赏这些山色,直到出去了多年后才发现这些山对我的性格是有影响的。——不懂得欣赏比懂得欣赏好,懂得欣赏的人会多出不知道多少烦恼。

旧居海棠

四月末回到北京,实在不知道什么地方好玩,便去了什刹海边上的宋庆龄故居。去了才知道,那原是醇亲王府的旧宅,出过光绪、溥仪两位皇帝的醇亲王府。

一座小院落里有两株西府海棠,标示牌上写着是一百多年前种的。枝条纷纷冉冉地蜿蜒开来,于略低于屋檐的高度合盖小院。枝上满布花蕊和花萼,密得几乎没给叶子留下生长的地方,花瓣将将落尽,地下红白一片。若早来几天,满树的花一定是喷火吐霞一般,怕有上万朵,再轰轰烈烈开上个一两百年没有问题。

此后,经常提醒自己明年春天要记得早点去那里看海棠。

有时候又想,会不会看了也不过如此,西府海棠又不是没见过。——西府海棠虽不稀奇,种在旧园子里的没见过,大观园怡红院里虽然种着西府海棠,春天也是常去的,可那是新建的园子,这是一百多年前的,不一样。

最近网上的新闻说,捕到一只大约六百来岁的老龟。六百岁! 今天早上电视里播昆曲的纪录片,说《牡丹亭》《罗密欧与朱丽叶》创作于四百多年前,原来它是个比汤显祖、莎士比亚还要老得多的老家伙。这只老龟被放生了,天知道它还要活多少年。

龟再长寿,老了就是老了,"神龟虽寿,犹有竟时。"就像老了的人,再说有一颗年轻的心,也只会让人心生悲悯。于这一点上,植物真是得到了造物主的偏爱,再老的树,花叶也每年都是新的。若人也能如此,容颜日日刷新,永葆青春,人生又那么短暂,真不知道是好事还是坏事。且不说青春貌美,我常想,离开人世的时候,若是春天,窗外有那么几枝梨花或海棠,花明叶翠,含雾流烟的,又怎么舍得离开呢? 倒情愿是在一个荒凉破败的地方,这样会更愿意去另一个世界。

历来说海棠指的是西府海棠。"只恐夜深花睡去,故烧高烛照红妆。"经苏东坡这么一写,海棠似乎与人有了肌肤相亲的可能。这是最高明的意淫法:把心爱的花幻想成女人,借由女人又能和花有更深的交流。没有比这更风

253

雅的事了。唐伯虎就深谙此道。他的《妒花》诗里记了这样一件事:早上醒来,他看见美人正在梳妆,鬓上簪着一枝海棠。美人问,花漂亮还是人漂亮。唐伯虎据实回答:花漂亮。然后"佳人闻语发娇嗔,不信死花胜活人。将花揉碎掷郎前,请郎今日伴花眠。"

一所庭院若只有绿树, 没有海棠这样轻红软白的一树繁花立在那, 再好的春光也明媚不起来。若是雨后,满眼水润暗绿的调子,海棠的花瓣原比桃李之类丰软些,此时更有低垂半醒之态。有一种秋海棠,因花型有几分相类也叫"海棠"。其实一为草本,一为木本,风格更大相径庭。秋海棠小巧玲珑,大多盆栽,团圆而扭捏,精致而拘谨,泪光盈盈的,总在暗处看着人。叶片倒还富贵气,有几分灵芝、如意的形状,大约是富贵人家的弃妇吧。

唯有青枫最少年

枫树很精神,加拿大的国树,有一种年轻奋发的美。比起普通的枫树来,青枫是阴柔的,树形修长,像中国人的身材,叶子也细小。别小看这点区别,古希腊雕像的比例比正常人只好那么一点点,人体美的最高典范;化妆师在脸上所能做的也只是细小的修正,一个平常姿色的女人就能变成绝色。

青枫叶片七裂,抬眼望去,细微中还藏着细微,如同星空,神秘而杳渺。尤其在阴雨天或静夜里看,有"聊斋"的氛围。《聊斋志异》里常有青枫,在乱葬岗上或者荒郊外凭空出现的华屋前。

上海大观园的芍药裥里种的是牡丹。今年去正是牡丹全盛的时候,紫、白、红都有。牡丹上面是青枫,亭亭的华盖荫住了多半个花圃。后方有一两株老松。这种混搭一眼望去只觉得萦萦有股妖气。松树像一个老者,带着一群娇憨明艳的女子,不知是女儿还是歌伎。旁边的青枫是一个性情孤高的冷眼的公子。他们隐姓埋名地出现在一个地方,没人知道他们的来历,也不知道做什么营生,却金奴银婢,通宵饮宴。且妙解诗词音律,不拘世间礼法,见到聪颖俊秀的男子便会以身相许, 只是对家族的过去讳莫如深。在此盘桓过的人多年后再来寻访,却只见青枫老松伴着一圃牡丹——烟雨中,紫酥白醉绿懒红眠,那些牡丹仿佛立刻就能活过来。

唐诗的巅峰之作,《春江花月夜》里唯一出现的植物就是青枫,"白云一片去悠悠,青枫浦上不胜愁",这里的青枫是赶路的读书人,他们年少多情,细腻敏感,家道殷实,父母溺爱,没经过什么世事,却喜欢把自己的人生想象成一幕悲剧,自己是悲剧的男主角,四处漂流,饱尝人世的艰辛,有一个心爱的女子,不是生离就已死别。他们迷恋幻想里的自己,让听过他故事的人神秘、同情,进而爱慕。一旦谎言被识破,舞台上的追光没了,他便会消失,让你们全都成为他感伤往事的素材。再见亦是多年之后,甚至永不再见。而在你们心里,他便再次坐上神秘的宝座。你们对他的描述始终不能清晰和完全,时而冷面冷心,时而温顺多情……

　　年少时常做这样的荒唐事。可若没有这些荒唐事,还算什么青春年少呢?回想起来便是"诗意的孤独"。这种诗意会随着年长而消退。人生就是如此,三两个起落而已,在年轻的时候孤抑郁忿,好容易过去了,又觉得那时候很幸福,终身怀念这种落魄中的诗意而不可得。幸福本没有道理可讲,更无章法可循,可怜每一个人都活得那么有理有据,振振有词。就像蜜蜂想飞过玻璃,撞得跌落尘埃,抻足抖羽地爬起来,再撞还是再跌。最后只好说寻求幸福的过程是最幸福的。

　　年老的时候,可以去公园里看看青枫,回忆回忆过去,若能寻回些年轻时候的感伤,借此破一破内心的灰冷暗淡,想来也是件乐事。——如今的公园有一桩善政,树上钉着牌子,写着名字和科属。这就让青枫这样稀少的一般人不认识的树木,不至于像《离骚》《文选》里那些奇花异草,纵然还存留世间,千载之后却湮没了名姓,不能辨认了。

芭蕉叶大栀子肥

唐宋八大家里，我最不喜欢韩愈的文章，他的诗还不错，有一首叫《山石》的，里面有这么两句："升堂坐阶新雨足，芭蕉叶大栀子肥。"

在湖南的农村，经常看到普通农家门口高处芭蕉梧桐，中间桃李桑竹之类，低处通常会有一两株栀子，几乎家家如此。一直不明白大家为什么都这么种，看到这首诗才知道唐代就是这样的。千百年下来，人伦道德社会形态几经更迭，这些事情没有人规定，也不是什么明确的风俗习惯，却这么顽固地流传下来，也算是件奇事。

北方院落里最常见的植物是榆、槐、海棠、石榴。榆槐高大，一株就可以荫蔽一个庭院，而且长寿，若干代人共享一个树荫，说明家业稳固。不求大富大贵，只求平平安安往下绵延，这是中国人的最高家族理想。海棠石榴树比榆槐矮很多,平庸顺从,低头弯腰的,也是福寿之相。北方干爽暗灰的院落最合适这样老成持重的植物。海棠多花,石榴多籽,寓意也是吉祥的。

南方的院落里最有味道的搭配则是芭蕉和栀子。竹子和桃花也很好,所谓"竹外桃花三两枝",不过竹子更适合成片地种;桃树则合适种在墙角或桥头,不适宜在太显眼的地方。

南方多雨,庭院阴湿。芭蕉喜水,在多雨的季节可以长出屋大一片的叶子,玉一样翠润光亮,在空中懒洋洋颤巍巍地斜摇着,且天衣无缝,一丝裂痕都没有,看着就像在做梦,搬把躺椅在下面马上就可以睡着。晚上看则像鬼神的衣袂,无风也生凉意。只要种一两株芭蕉在屋旁,窗户枕席桌椅,无处不是绿荫荫的,连水缸上渗出的水珠子都是绿色的。日本人用芭蕉的纤维做和服,几株成年的芭蕉才可以做出来一套,卖几万美金,这种行为和焚琴煮鹤差不多。仙鹤用来吃,味道大概还不如一只用饲料催出来的母鸡。而且此风气断不可开,那么多有钱人正愁没有什么新鲜花样炫豪耀富,让时尚界的人知道,用芭蕉纤维做成披肩或内衣来卖就更不好了。

栀子在土黑苔青的南方长得比较高大,能有一人多高。北方也有栀子,高大的少,多数种在一个小花盆里。栀子的叶子小,橘柚一样的暗绿的质地,经常被雨水洗洗才好看。更重要的是,栀子的香味须得雨中闻才圆润细密,这也是它适合南方的原因,这一点只有桂花和它相似。桂花完全是用来闻的,高高地开在树上,花又小,看起来很不方便。下雨的时候,打把伞站在桂花树底下,那种微甜的,忽东忽西的冷香,只要捉住一丝半点,凉津津的能从脑心直透到下半身。

若以桃花为坐标来比较,桃花像一个十六七岁的少女,三瓣五瓣,三朵两朵稀稀朗朗地开在枝上。花不大,细看略偏向丰满的一方面,最有味道的是带些懒态,为别的花所不及。性格是少根筋的,说得好听些是娇憨。

李花碎碎密密的是她十一二岁的妹妹,细细眼睛看着姐姐的行事和姐姐身边的男人。大家都以为她不懂事,其实她什么都懂了,一眼就能看穿周围人的小伎俩。

海棠花是姐姐,有二十出头了,比桃花大朵些,花瓣也繁复,成团成簇地开,随和大方,好讲话,没那么容易得罪,却也没那么容易到手。

芙蓉的花形最大,丰满肉感,通常是水红,最俗艳的颜色,拳头大碗大的都有。大学毕业好几年了,经历的男人

260

多了，又总以为自己还小，便愈发大大咧咧，撒泼撒娇起来，加上又到了尴尬的年纪，多多少少有些惹人笑话，引人狎昵又让人看不上。

栀子花是三十来岁的女人，花有大有小，大也大不过红酒杯，小的就指头大小，素净的白色，几个花瓣简简单单地裹成筒裙状，通常不会开得太足。懂得了世故，也就知道了分寸和收敛，对一般不谙世事，打扮得层层叠叠的女孩是看不上的，只在心里暗暗羡慕她们的年岁。它的香味有丝绸的质感，极馥郁又极单纯，是个有气质的少妇。如果桃花的味道有些像狐臭，从一个少女身上发出来微微透着些潜在的可能性；栀子花的味道则是隐藏最深的放荡，是优雅的勾引，里面包裹着一颗受着矜持和欲望双重煎熬的心。栀子可入药，药性是清热凉心，再形象不过了，这个岁数的女人行出的事有时候确实会让人凉到心里去。

韩愈的那句"芭蕉叶大栀子肥"道出了南方院落最经典也最常见的景象。尤其是栀子用"肥"来形容，看上去笨，实际上是最风流得体的。栀子花开在长夏里，非得借着芭蕉的阴凉才香得幽深。芭蕉是大写意的，是煽情的，上天入地的绿；冬天墙倒屋倾，是侏罗纪飞行动物的尸首，是

261

巨大的破坏,让冬天显得更悲壮凄凉。相比而言,栀子则有长远的意味,枝叶四季不凋,长夏持续开花,开完几朵,歇几天又是几朵;香味也是,有时候浓些,有时候淡些,不至于让你闻不到,也不至于让你一闻就能闻到,总是那样以退为进地诱惑着人,让芭蕉的浓荫更静更凉起来。

如果在南方乡下有一个自己的小院子,不用多复杂,以芭蕉和栀子为主,再有一株桃树,一株桂花树,几竿竹子就好了。

芭蕉作为基调营造整体的氛围,兼用来乘凉和午睡。桃树、栀子、桂花树可以保证一年三季有花可看,有花香可闻。本来还想种些梅花的,这种东西乡下可能不好找,也就算了。再有几竿竹子种在卧室和书房的窗外,万事足矣。

如果再奢求些,离院门不远最好有口井,井边有株大樟树,盖住整个井口以及四周。可以去提提水锻炼身体,也可以洗洗涮涮,和三姑六婆村野农夫聊聊天。樟树的香味有一种稳妥陈旧的感觉,风一吹传得很远,很适合作为居家的背景气味。

当然,这个院子只能在乡下,不能在大城市,更不能在北方,若有人在北京的五环之内送我这样一个院子,我肯定会卖掉,拿着钱上别的地方逍遥快活,不会用来住。开窗就是汽车的噪音,空气里有汽车尾气的味道,灰尘又大,有花也是灰突突的,就是种满芭蕉和栀子又有何用?

裸体日光浴

　　绕开云山收费亭,从小路上去,越往上山路越逼仄,奇形怪状的野草也越多,乱丛丛地吊在山壁上:像蛛网的,像皮带的,像瓦片的,像簏篓子的,洞眼上还有半透明的膜。披披拂拂,伸到路中间来,躲又没办法躲,有掉到山谷里去的危险,不过坡势很缓,草又长,随便抓住把野草,应该就能爬上来。

　　眼睛被一道强光晃了一下。四下一找,光是谷底来的。一小片阳光晶亮晶亮地镶在谷底的水涧里。两边的山太峭,树太密,阳光只能漏下去这么一小片。

　　我和同行的刘凡都被吸引了,想下去看看。

　　我们抓着草和小树,慢慢移下去。谷不深,到了底下,水涧中间有一片凸出水面的细沙,白白的,阳光就投在上面,异常的亮。

264

往上看,迷迷蒙蒙全是水气,在半山腰上还是雾,没到山顶就汇成了淡淡的云。有一蓬云在不远处的山脚下低低地飞。原来云就是这样形成的,我看呆了。

我脱了凉鞋,涉水过去,站在沙上,阳光热腾腾的在头上,像一群昆虫。

他提议在山涧里洗个澡。

我们兴奋地脱了衣服洗了起来,因为没有人,把内裤也脱了,回去的时候不至于没有内裤穿。

水很凉,皮肤麻酥酥地颤,脑子变得异常清晰,像用水洗过的一样,可能也是凉的缘故。

开始还好,越洗越冷,坚持不住了,我们"嘘呵嘘呵"地叫着,三步两步就跳到阳光里去了。沙子的面积不算小,我们索性四仰八叉摊开自己,闭眼对着日光。沙是暖的,细细密密地往一些敏感的地方钻。从来没有离地这么近,而且是全身赤裸,心里狂喜,又好像有些伤心。

头顶上过来了几个人,有男有女,边走边笑。他们的声音嗡嗡的,像在我身体里面说话。

我猛然想到自己没穿衣服,想找地方躲,回头一看,刘凡早已跑到岸边的草堆里去了。

看到他,我就不想那么狼狈了,忽然有个很龌龊的念头,我盯着山路上一个人的脸看,五官看不清,由此断定他们看不清我的下半身。

我对刘凡说:"出来吧,看不清的。"

他不肯。上面过路的人好像在看我们。我觉得很愉快,这一定是他们终生难忘的一幅图画。

等他们走远了,刘凡才出来。我们互相嘲笑对方,笑完,又开始静静地享受周围的景色。

脑子里在冒一些小孩子才会想的问题。

刘凡忽然说:"鸟不工作也饿不死,只要山里有树。"

顺着他的眼睛往上看,半山腰上有一棵树,数十只鸟围着它飞……

江雾

这次去常德,被沅江上的雾迷住了。

去的时候是阴天。头天刚下过一场雨,路面上的水虽然干了,有土有树的地方还是黑黑的,天上半明半暗的日光。快到江边,还没有看见江,天一下就暗了好些,密密的湿气从天上盖下来,脸上有星星点点的凉意,好像前面在下雨,马上就要下过来了。往前走,先看到的是雾,眼睛有些适应不了,灰蒙蒙一片,半分钟后,近处的江岸才渐渐清晰起来。

不管一辈子去过多少次江边, 每次看见江雾还是会很震撼。顺着江流过来的方向一眼望去,看到最远的地方,一切都失去了,满眼阴白,就像画师根本没有画上去,原原本本只有宣纸淡惘的本色。不会有比这更大的失落感了……

这个时候能感受到的,除了自身的渺小,余下的就是感伤了。唐代陈子昂那首著名的《登幽州台歌》里这样说:

前不见古人,后不见来者,
念天地之悠悠,独怆然而涕下。

陈子昂登上幽州台的时候一定是有雾的,所谓"前不见""后不见",是真的看不见。连陈子昂这种少年任侠,周游四方,轻易不被外物所感的人都会悲怆,何况平常的人。《哈姆雷特》里的奥菲丽亚躺在漂着落花的水面上,嘴里唱着歌,慢慢地沉下去,应该是个有雾的夜晚。爱一个人爱得太辛苦,加上雾的迷惑和唆使,像累极了的人走到床边一样,自然而然就躺下去了。屈原披着江芷薜萝,野兰异蕙,吟啸着,半疯癫地走向江中,也应该是雾腾腾的大风的天气。这样的死法,想想都是很过瘾的。

说到江边的植物,这次在沅江边上看到一种特殊的美人蕉。叶片边缘和经脉处呈黑色,像古代的青铜器泛出的色泽。花还是红色的,形状却像兰花,小小的花瓣女人手指一样俏俏地往上指着。完全不像普通的美人蕉那样花型硕大懒软,尤其是开久了的,会像抹布。

还看见一种介于芦荻和竹子之间的植物，苍苍凄凄地长在岸和水之间的烂泥里。这里是水位昼起夜伏经常淹到的地方，本是寸草不生的，偏偏又长出这样一种不知名的植物，尾穗是芦荻的风貌；茎干比芦荻粗实，略具竹节状，又比竹节细嫩，看上去中间应该是棉絮状，而不是空的。不知道是芦荻在水里泡久了基因变异了；还是竹子被水淹了，老干死去，残存一息长出新笋，出水就长成这样了。不管怎样，它的生理结构倒很合适河边膏脂状的稀泥，看来造物主是个细心的人，搞不好是个女人，再不会放过任何一个细小的地方。

　　最壮观的江雾是多年前在长江边看到的。整个宇宙仿佛都在江雾中消失了，只有眼前这一小片还存在，在慢慢变淡，马上就要渗掉了，渗到另一个世界去，影子都不会留下。

　　远远看去，在江雾中完全失去的那一部分应该是汉代以前，纵然看见，也是些简单凶高的屋子，低矮的器物，阴冷威严的服饰。人都跪在地上说话吃饭，他们不是偏激残忍，就是安天乐命、无忧无虑，没有中间性格。

　　看得见雾气涌动，却看不到任何东西的地方，是一具庞大的空处，那应该是隋唐。因为留下来的印记少，所有的腥器惨烈都裹在一床大被单里面，外面看只是空茫的白,鼓胀着力量,只消划上一刀便会喷薄而出。

再近处一些,江岸的褶线,树的烟光已经隐隐有了,楼台津渡若存若失,这应该是宋元,文人画的调子,黄公望的《富春山居图》里完全用墨的浓淡描绘出来的烟景。那时候的人也讲些道理和条条框框,可更喜欢自由和艺术。他们坚信,在芭蕉树下闲谈,在桃花面前调情是世界上最值得做的事情。至于多一寸土地少一寸土地;多一个女人少一个女人是次要的,只要不影响心情,就无关大局。如果硬是需要亡国的话,那就亡,绝不会为了虚名和赌气去白白地牺牲掉自己和百姓。

近处清晰可辨的房屋、桥梁、船舶,应该是明清。静静的江雾中一派平和之气,完全是个整饬肃清的社会,混乱残暴只在统治阶级内部,只要没有天灾外侮,人民是很安宁的。满世界都是儒雅的微笑着的男人。女人静静地坐着,金玉包裹着,她们不读书也懂得克己明理,学会了把性心理视为生病,应该消除。不牵扯到道德义理,大家不会再有过激的行为。

再近一些,漫天美女明星的广告牌;做成大熊猫米老鼠机器人形状的游乐设施;各种遗址上缠着塑料珠子的

270

彩灯,发廊一般的,还飘着两个大红气球在半空,表示隆重;游船上塑料的桌椅,塑料的顶棚,不是纯蓝,就是纯白;拍照的人统一伸出两个手指,说句"茄子",咔嚓就是一张。

——这就到了现在了。

无有桑柳不成家

　　《乐府诗集》里常用"柔"字来形容桑树。如"柔桑感阳春"；"采桑歧路间，柔条纷冉冉"。桑树我认识，小时候用打针的纸盒养蚕，经常要摘桑叶，喂别的叶子会喂死。桑叶除了边缘呈锯齿状以外，再平常不过的一种叶子，没什么柔不柔的。至于枝条，倒没怎么注意过，应该也轮不到它"柔"，还有柳树呢。很少见到有人说"柔柳"，说"弱柳"、"细柳"、"烟柳"的比较多。

　　这次回南方特意找了几棵桑树看。一户人家的围墙外有一棵，确实和别的树不太一样：不高，枝条却很长，先是往上，延伸到一定程度就开始往横里长；随着枝条缓缓变细，加上叶子多，擎不住了，就平颤颤地往下坠；坠到快接近地面了，又不往下了，末梢微微地翘着开始往上指，于是形成一种特殊的弧线，欲上还下，低昂莫测，像敦煌壁画

272

里飞天的腰肢。一棵树若十之八九的枝条都往下走,会看得人心里很熨帖。

出城的路口有一棵桑树更是特别:两条分枝刚长出去,忽然改变方向,回头互抱在一起,圆圆的形成一个"女"字,稠密的桑叶几乎填满了"女"字的空处,微风一吹,各个抖着,在日光下飞金闪银。整个造型妖且媚,又不失古朴。

相比之下,柳条只能说是"软"或"垂",是没有自控力的软弱,风稍微一吹就会癫狂起来。中国人对"柔"这个字是很讲究的,不能随便定义。老子用一本《道德经》论述"柔",后人尚且觉得这个"柔"字高深莫测参不透。有这样一个典故:有人问刚和柔谁厉害,老子什么话都没说,把嘴张开了,里面坚硬的牙齿已经掉没了,柔软的舌头还健在。

在文学作品里,柳树比桑树更能代表女性的形象。说女人姿态美是"弱柳扶风";《西厢记》里张生形容崔莺莺是"似垂柳晚风前"。这主要是从外形上,若论内在的气质和性格,桑树比柳树要女人得多。典型的中国夫妻,妻子一般是内敛含蓄善于观察的;丈夫则要粗心轻狂些,说错了话,得罪了人需要妻子来转圜。苏东坡就是这样。家里来了客人,他的妻子躲在屏风后面偷听,待客人走后便能说出这个客人的品性。通常情况下苏东坡是不太信的,照样随心所欲,信口开河,然后用屡次政治上罹祸的代价来证实妻子的话是对的。妻子死后十年,他依然非常怀念,写下那首著名的"十年生死两茫茫"。

也不能说苏东坡不如他妻子聪明,他毕竟是中国文化史上风流绝代的人物。在中国,男人从小都是凤凰宝贝一样捧大的,女孩从小就知道自己的地位低于男孩,承担的心理压力和劳作也较多;长大后,男人三房四房,内妾外妓,女人在家庭里的竞争大到难以想象,便越发地理智和坚韧。所以一旦男女平了等,女人的厉害马上就显现了出来,出现一大批妻管严的男人。

其实相比桑树,柳树的性格更趋向于男性化:轻狂浪荡;好招惹,喜卖弄;做了错事悔愧万分,做低服小;见风见雨的时候照例比谁都起劲。

男也好女也好,说明桑和柳的气质很中国人,尤其是穿着旗袍和长衫的中国人。旗袍的柔和里有暗密的张力;长衫的宽博则透着松弛顺便。最招人喜欢的中国人就是这样的性格。他们有着过多的礼貌,很少直言其事,喜欢暗示、婉言、模棱两可。有时候的确是虚伪,不过更多的时候是出于体察和照顾他人的情绪。外国人的泾渭分明我行我素是简单痛快,回头一想,未免太独了些。

最中国的中国人是在南京明孝陵的神道里见到的，是四对石雕的文臣武将。外形敦实，线条柔而圆，佛像的刀法，用面捏的，下蒸锅里蒸过又被放凉了的。

第一对文臣奇平无比的两张脸，不仅平，还往里凹，刻板的，不近人情的表情。应该是雕刻者心目中的父亲或师傅，和晚辈之间只有礼仪说教，没有任何感情上的交流。晚辈对他们既敬又怕，怕是感性的，与生俱来的；敬则需要时时用理性来维持，否则就只剩讨厌了。做了一辈子父子，谁也不了解谁，至少表面上是这样的。

第二对文臣面部要柔和些，忠厚的胖脸，像管家或者年纪最小的舅舅。家里的人情往来都由他们出面，亲亲热热的很招人待见；在过于严肃的谈话间隙，他们会适当地插上几句笑话；在大家无话可说的时候，他们本身就是戏谑的对象。当然，他们总有办法让别人对他既喜欢又尊重，而且永远是喜欢比尊重多那么一点点。在自己家他们兴许也是个让孩子害怕的父亲，父爱的一面只留给别人家的孩子。

两对武将的性格没这么鲜明，都穿着盔甲，胸前抱着武器。由于雕得过于温和富态，手脚又短，一点都没有杀气，胖墩墩的像两个大宝宝，被老师留到天黑还不让回家的小学生,闹过哭过求过了,呆呆地坐在那听天由命。不能去取笑他们，会突然发作，不顾一切地拿你当报复对象——这也许是明代武将最好的性格写照，他们的地位远远不及文臣,在朝廷里是文臣鄙夷嘲笑的对象,出外打仗还要受宦官监督辖治,全程要做受气包。

神道的石像之间有柏树。柏树按说和桑柳的风格完全不同,是庄严肃穆的,这几棵柏树可能是太老了,显得非常柔和。树皮呈流线型,一道道凸了起来,像一束湿丝绸,正被人两头抓住往反方向拧；又像用一桶半凝固的泥浆从上往下浇，正流着就被送进了窑里，烧出来就成了这样。从来没见过这么苍老,线条又这么柔美的柏树,像明朝的中国社会——一群儒雅温和，学识渊博的中国人统领着当时世界上最强大的国家。不像现在,世界被人人持枪,个性十足的美国人统领着。

276

残冬看花

北方的春天太枯干,多沙尘,去年一年都在规划,今年要在湖南老家过一个春天,去看看附近农家那几树极好看的桃花。谁知春节都过不成了。临走那天,心中不爽,还是要去桃树那转转。

沿着土路往城外走,不时有三三五五的城郊少年往城里来,衣服头发纷红骇绿。最敢穿的就是这些城郊的人,再农村些的没有条件打扮;城里人没有农村人那么爽辣,自我束缚比较多,宁可朴素些也不愿意被人笑话。

过了一处野村就看到了大片的田地,空茫茫的,近处一个牵牛的农妇,远处几座坟茔。风一吹,树上的枯叶连着断枝豁拉豁拉地往下砸。那些叶子秋天就枯了的,坚持了一个冬天才掉下来也不容易,还吸干了一截树枝才死。半死求存者往往有着难以想象的力量。

绕来绕去才寻到旧路，在几座临着溪水的农家旁边找到了那几株桃树。没有花叶，反倒显得树冠很大。上面生着一层苔污，树干的颜色基本看不到了，还有大大小小的瘤疤，酸腐土埋过一般，狰狞强劲的朝溪水的方向扭曲着，仿佛承受着巨大的外力，老皮寸寸裂开，缝隙里拧出黑红色的胶来，满树细枝碎屑一般乌云一般甩开去，带着狂风惨嚎的声音，瞬间化为了齑粉。可越是这样地挣扎着，更显出它的渺小来。以前看只知道看桃花，没想到枝干居然美得如此摧心伤肝。

　　桃树旁边有几株枇杷，深绿滋润的纺锤形叶子，一格一格的轧纹，一个冬天下来，愈发显得坚沉有光泽。枝尖上有些嫩叶，四五片抱在一起，细密的绒毛，浅黄绿的小鸡小鸭的颜色，小可怜一样在寒风里抖着，哪里想得到它以后能长成那样坚厚的质地。最不能小看的就是这些在人生风浪里站住了成熟了的弱者，单是那份森森淡淡的柔和气便是寻常人学不来的。

　　旁边的竹子后面还藏着一株玉兰，已经开了好几朵了，最正常的玉兰花，也白也大，可看上去就是有几分呆滞。可能是周围太萧条，越发显出它的直白不恰当来。看错了表的小学生，慌慌张张地跑到学校，站在空荡荡的操场上,大概也是这样蠢蠢无告的表情,看着令人想笑。看着想笑的花还是第一次碰到。

不远处是山,山上山下绿色居多,还低低地流着一层烟雾。空中是雾,贴近地面的是烟,翠生生的蓝烟。所谓"秋色连波,波上寒烟翠"大概就是指这样的寒烟。枯寒的残冬还有深秋的颜色,到底是南方。再过上十天半月,浅黄淡绿就全钻出来了。还有油菜,阴紫的杆和叶,上面飘一层吵吵嚷嚷,比一切黄色都黄的黄花,自然界最反差的两种颜色在一起,光一样毫不相干地各自流动着,远看近看都不像真的,狂想一样的不近情理。

幸亏桃花没有开,否则这些都看不到。以前出游总要挑时间挑地点挑天气,千里万里,辛辛苦苦。现在看起来,随时随地信步走去,都是有好景色的,越是挑剔眼界反倒越是局限了。

但有温厚最脱俗

昨天在乡下看见一塘荷叶,覆覆压压从水中直长到田埂上来。荷叶离开水是不能活的,近看才知道田埂上的是芋头。

一直以为荷叶和竹子这两样东西之所以受到这么多的偏爱,是因为它们在自然界独一无二的外貌,没想到竟有跟荷叶相类似的植物。芋叶和荷叶就像同一个牌子出的同一款衣服,只不过荷叶是圆领;芋叶是"v"字领。

荷叶的风情自不必说,这里说说芋叶。我最喜欢的一句写橘树的诗是屈原的"后皇嘉树,橘徕服兮。"什么描写也没有,只在橘树前面冠以后土皇天,立刻有了一种久远的,横亘于天地,又很民生的气度。这种气度比任何描写都要有诗意。橘树的黑绿和古朴让人相信哪怕到了世界末日,一切都将要毁灭的时候,它还能稳健地站在那。芋叶也有类似的健旺的味道。我喜欢健旺胜过艳丽。一株芍药，开得再好，看了也就是看了，一株长在农舍旁的橘柚树，能让我忧恻千端。听歌也是，愿意听一切粗厚的声音，对学院派的民族唱法永远没有好感。

除了健旺以外，芋叶是朴素的，是温老暖贫的大气，几乎集中体现了我的审美取向。它无疑是有姿色的，野地里各种各样的草都面目模糊，形状类似，只有芋叶会大大方方地排众而出。如果眼前是一幅油画，它肯定是透视的焦点，音乐则是重拍。

芋输于荷的地方是气味和花。芋的花是藏起来的，几乎看不见。撕一点叶子揉烂了放到鼻子前面闻，芋与荷都没什么香味。成片的荷叶就会有雾一样的清香，庞大的从空中降下来，而且越远越浓。这种香味很特别，有些像煮熟的粽子，一种很山野很隐居的感觉，又有些像痱子粉和剃须泡沫，很兴发很颗粒状——不彻底的隐居者，还离不开现代化的生活设备。成片的芋叶却没什么明显的气味，有时候会有些水腥味，多半是因为旁边有沟渠。

中国的知识分子最喜欢用三样东西来自喻：玉、竹、荷。玉是品德修养，所谓"君子比德于玉"；竹子是气节和个性；荷则是行为方式：阔达爽朗；不拘小节；清高而又圆滑；

招蜂引蝶；专往污泥里钻，只要保证出来的时候不染就好了。就像南京的江南贡院，紧挨着十里秦淮，考生在妓院里洗了澡换了衣服出了后门就进了考场，可并不妨碍这里出来李鸿章、吴敬梓、翁同龢、张謇这样的人物。

荷好是好，和芋一比就是一身俗骨。

芋叶是斜侧着长的，虽是低垂的姿态，风雨一来，摇一摇又回到了原处。荷叶则不同，平时头昂得很高，风一吹，它能全部翻个面，满塘一片苍灰，风停了又统一叶面朝上；雨下得再大，它有打有应，一片哗剥之声，水珠也圆溜溜的，小心翼翼地捧在叶面上，一副颂圣的姿态；不但作花作实惹人喜爱，藕撅断了，丝还不断，殷殷勤勤地连着，含情至死的样子，真是克尽了妾妇之道。

芋一概没有这些习气，有水无水都能生长，能当菜也能当粮，性质温润补中，只是有些难消化，适合穷人，太易消化了不顶饿。藕虽散气舒心，有益脾胃，性质却偏凉涩，不宜多吃。

无论在什么地方，异地他乡也好，高速公路旁也好，只要看到野生的芋叶，就会觉得快到家了。芋是荷的大哥，忠厚淳朴，承担了家里一切的劳作，无论弟弟在外面怎么花哨胡来，他不懂也不做声。从这一点上来看，荷的一身俗骨也就能理解了。在古代，一个读书人的成功，背后往往是整个家族的付出。家学、祖茔祭田、祠堂都有义务承担他的教育所需。若清白为官，自保都成问题。秦可卿的爸爸秦业，营缮司郎中，也算个不小的京官了，给儿子凑二十四两银子的学费还凑了好一阵子。要想回报家族，不一身俗骨是行不通的。

还是要向苏东坡学，苏东坡好就好在不仅有高尚的理想，还有低级趣味，他上可陪玉皇大帝，下可陪种田的要饭的。贬到穷乡僻壤，连羊肉都买不到，还能研究出羊骨头烤焦蘸椒盐是难得的美味。男人们常挂在嘴边的那句"天涯何处无芳草"就是出自他的口，是他写给侍妾朝云的。

真正的伟人往往是二者兼而有之的。只有低级趣味的人，芸芸众生比比皆是，无非凡夫俗子而已。只有高尚理想的人却很少见，若得志，极有可能祸乱人间，功不抵过。

大家喜爱荷叶是因为它出淤泥而不染。秋风一来，老了枯了，还是会回到污泥里去。纤细的杆子擎着片大大的叶子，是脱俗漂亮，可是太累，能擎到几时？还是污泥里安逸些。人在年少的时候事事都喜欢认真，处处讲究矜持漂亮;上了些岁数就会明白,什么都意思不大,不如那些低级趣味过瘾。理想有放弃的时候,配偶也有先走后走的问题,和很多中国人真正相伴终生的不是别的,是麻将。前几天我外婆家对面刚死一个老人,直肠癌手术后他选择的生活方式是每天打麻将。有这种视死生为虚无,贪欢愉于一时的精神,应该也还是个传统的中国人。

在寻常人眼里,芋没有荷那么俊俏,活得也没那么精彩,纵然沉湎大概也有限,不至于到烂泥里去。

一夕生秋风

　　说到文学描写,文字再美也美不过自然存在的东西,描写若过了头,就会变得浮华堆砌,成为一种文学上的皮肤病。聪明的办法是让事物之间参差对比,映衬而成诗意,效果是最好的,所谓"不着一字,尽得风流。《诗经》里的《蒹葭》就是这样:

　　　　蒹葭苍苍,白露为霜。
　　　　所谓伊人,在水一方。

　　没有一个字写到这位"伊人",却能让每个读者联想到心目中最美好的恋人形象。也许所谓的"伊人",只是在诗中人的想象当中, 是他看到蒹葭长在水边时所产生的一种错愕, 一种憧憬, 他瞬间看到了一个宁静而永恒的世界,仿佛就在对岸,又仿佛在茫茫宇宙之中,在这个世界里或许应该有这样的一个女子。

蒹葭就是芦苇。中国人很善于把自然景物捕捉到诗里面去,用以间接表达人的心情。失意、悲伤、怀念、乡愁、旅思,芦苇都是合适的。这些几乎是一切诗歌的主流情绪,所以芦苇也是最富有诗意的植物,甚至超过历来最被诗人喜爱的竹子。

比如在有雾的江边送别,岸边生长的应该是芦苇,竹子似乎缺少了些什么。电影里的主人公,心情凄凉的时候,站在竹林里也不及旷野的芦苇丛中,尤其是在薄暮寒风里。电视剧《水浒传》拍到水泊梁山败落的时候,镜头里经常有一片苍凄的芦苇荡。

柳宗元模仿《蒹葭》写过一首诗:

稍稍雨侵竹,翻翻鹊惊丛。

美人隔湘浦,一夕生秋风……

在这里面,蒹葭换成了竹子,全诗的诗意便一下转移到了"一夕生秋风"上,以至于沈德潜在《唐诗别裁集》里说这首诗只是写出了风的神韵。

竹子人人都认识，芦苇却未必。今年冬春之交去郊外，看到一种茅草，狭长的叶子一人多高，枯了也不弯不倒，刀枪剑戟般，纤维极粗根根可见。一个冬天雨侵雪压却丝毫没有腐烂的痕迹，只是折断了不少，看着很震撼，从来没见过这么硬挺激愤的茅草。夏天再去，看到新长出的尾穗才知道是芦苇。比叶子高得多的穗杆上飘一蓬烟白的芦花，轻盈得像勾留住了一小团雾，且都往一侧长，因为重心不平衡，老是微微有些摇动，天生就带着风的味道。田间的路上，一辆摩托车很快地驶过，有人坐在后面扛着极长的一根芦苇，远远看着像童话里的画面，从郊外牵着一小朵云回家去了。

还有一样我们小时候常见的东西和芦苇有关系，就是那种袖珍的小笤帚，用来扫床扫桌子的，是用芦花的杆子扎起来的，而那种扫地的大笤帚则是竹子做的。如此高洁飘逸的两样东西却适合做清扫污秽的工具，造物主真是会恶作剧。诗意的东西不一定就不实用不通俗。看不懂的诗未必是好诗，喜欢追求高深思想的小说也未必就真有思想。哲学家用几句话就能讲清楚的东西，小说家用几十万字也未必能讲清楚。文学最擅长的功能不是教育、思想、批判，而是安慰。借着安慰扫除一些人心里的污秽，通常要容易得多。

　　人生苦短，且忧多乐少，若能安慰人，实在是一件功德无量的大好事。在博大的"安慰"面前，"思想"显得太小家子气了，何况很多所谓的思想只是一种个人意识上的裸露癖，谈不上什么对错与作用。人类究其实能思考明白什么呢？无非是一小群喜欢思考的盲人领着一大群不爱思考的盲人，又能走到哪里去？文学若过分执迷于"思想"，只会让上帝发笑，让书店关门。

　　南方那种破旧的区间列车，走走停停，没有空调，燠热难熬，连座位下面都躺着人，空气里混合着各种各样的体味汗臭，触目都是贫穷肮脏，人在这种环境里是很容易感伤厌世的。这时若在车窗外的路边看见一丛芦苇，心里便会微微有些诗意的触动。借着这点诗意，便能超脱出来，眼下的痛苦仿佛也能够忍受了。芦苇之所以适合长在河岸、废墟、秋风浩荡的野外，长在一切有悲剧感的环境里，大概就是因为它能给人一点诗意的提醒。诗对于人类的作用大概也在于此。

　　漫画书里的背景很少有竹子，芦苇却经常能见到，比如用来代表小孩子的梦：双手捧着一束芦苇站在河边，头上有一个心形的圈圈，里面画着她的梦。她不知道梦中的那些东西未必都是快乐,只是那样静谧地神往着,更显着幼稚和可爱。有时候也会把芦苇画在一对恋人身边,纯纯的甜蜜中便添了一丝不确切的伤感,是这类漫画最高的境界。

年轻的时候没有真正的痛苦是因为心里不缺少诗意。身无分文地站在十字街头,或者失恋后走在雨中,难过归难过,心里也会有些看电影般的感动,自己既是观众也是剧中人,不知不觉还会喜欢上眼下这个场景。

年纪大了,与生俱来的诗意越来越少,内心会渐渐窒闷、悲观,变成一摊死灰,冷了、湿了,狂风也吹不起来。这时候也许不会再喜欢芦苇,因为看着凄凉,兴许会越来越喜欢竹子。

竹子像一个俊雅稳重,收心敛性,慢慢步入中年的青年男子。相比竹子而言,芦苇要轻狂得多,正是痛饮狂歌的年纪,冲动的时候茎叶根根刺天,消极起来又像芦花自扬自弃,随风而逝了。这样的年岁纵然动荡不安,乱飞乱扑,却也是可羡多过可叹的。

芦苇的诗意能让人在厌世的情绪里得到超脱,不过这种超脱的后面是更深的积蓄,就像堤坝之于洪水。积蓄到了极处就变成一种平静——表面上的平静,里面蕴含着雷霆万钧,它指向的是欲望的幻灭。竹子不一样,它始终有自己的清醒和完善, 它是在一派清静平和中寻求一种安宁。闻一多先生说过:"欲望本身不是什么坏东西,如果它走入歧途,只有疏导一法可以挽救,壅塞是无效的。"芦苇只能让人超脱暂时的痛苦, 竹子却能让欲望回归到健全的路上来。

中产阶级的空虚

在伦敦,打扫卫生的老太太一抬头,满头银发一丝不乱,其装束风度不像大使也像个大使夫人。剧院门口,工地上的工人,臂上刺着青,蹙着眉头歪戴着安全帽,旁若无人地往钢铁支架上一靠,T恤袖子被肌肉绷得紧紧的,因为不是故意耍帅讨好观众,比剧院里正在演出的男主角更可爱。英国的朋友说,同等的蓝领阶层比知识分子阶层收入要高。人工很昂贵,来家里通一通下水道,要收一百二十磅,合一千多人民币。

伦敦的乡下不种庄稼,全是草地,又厚又绿。听说他们也养羊,可在路上跑了几个小时却只看到一两群羊。开始还觉得新鲜,看惯了,实在没什么风光:既无山又无河,平平的一片,草地过去还是草地,最多再加上几丛灌木,呆板的重复,像老式英国人的做派。

他们乡下人和城里人也没什么区别。天一黑,穿着时尚的休闲晚装在酒吧门口闲聊, 只是嘴皮子不像城里人那么懒,口音抑扬而清脆,让人想起莎士比亚的台词。尤其是说"thank you"的时候,声调高高地扬起,不像在谢谢你, 像在颁给你一枚勋章。内行人说这是更贵族的语气,原来贵族的后代都在农村。

据说政府不鼓励农业,劳动力少,进口的食品更廉价,英国的乡下住了很多悠闲的中产阶级。我们一行人去乡下过周末,住的家庭旅馆就是这样的人家。

男主人是个退伍军人,中上等军官,驻过中国香港,六十出头,淡棕色的皮肤松弛了,依然能显出里面强健的肌肉来,阔而方的嘴,说话爽朗,眼睛聚光。见到我们的时候,他刚修整完草地,满身汗水草屑,欢迎完,三言五语介绍了自己光荣的过去,不忘戏谑自己现在只是个园工。

女主人,不知道她从前的职业,典型英国主妇式的脸型,上长下圆,上面看着严肃;下面看着亲和,薄薄的一字型嘴唇,专为微笑准备的。一见人,嘴角先条件反射地一翘,咔嚓闪出个标准的笑容,再从眼睛里慢慢笑出来。既公式化,又不乏诚意。她说话之前,为了表示尊重,总是习惯性的两手往身前垂直一收,头一正,后背同时拔高,一股劲往后撤了半步似的,其实她在原地并没有动,像领着小学生在做操。听说她以前就是个小学老师,见到她,我仿佛又回到了小学时代。

他们的屋子,尖尖的屋顶,巧克力色的瓦;淡咖啡红的墙壁;高高的烟囱;窗户奶油白,露出黄绿碎格子花的布窗帘。屋内有无数的零碎,每一个地方都满满当当:进门的上方挂着许多帽子;脚边的瓷缸里有十来根手杖;虽说是夏天,壁炉旁整整齐齐地码着柴,有烟腻子,可见不是装饰品,冬天是生火的;壁炉上陈列着好多烟斗和不知名的纪念品;高桌矮几上摆满金属器皿和瓷器,中国的珐琅瓶摆在显眼的位置;卫生间是铺地毯的,不知道怎么防潮,门后挂着宝蓝织锦盘龙绣的中国睡衣,华贵得让人一看就明白不是用来穿的。

他们的孩子已经长大了,只有照片摆在橱子里。长得算不上漂亮,看上去却都很开朗。我们在讨论着他们周末把家开放出来做旅馆的理由:应该不单是为了经济,生活调剂的层面应该更多些。两口子守着这样一套别墅一条狗,周围地广人稀的,生活该多单调啊。

后来我们又拜访了几个当地的朋友,发现在英国的郊外家家户户都是这样的景象:儿女们在草地上看书喝饮料,狗在旁边蹭着滚着,男主人在修理草坪,女主人在玻璃顶棚的透明厨房里准备下午茶。狗也全是那种通体油黑的大狗,铁杵一样的尾巴,如同一母所生。看久了会觉得有些窒闷,中产阶级的生活不是不好,只是太标版化,雷同得可怕,像午后的风,暖暖的,将人卷裹进去,昏昏欲睡,使不上力气。

小学教师殷勤地帮我们推荐了一家餐厅, 并打电话帮我们预定了位置。原来英国人也帮忙拉生意,我心里和他们亲近了一些。

家庭式的餐厅,尖屋顶童话风格的房子。去的时候天已经快黑了。空气洁净,天没黑透就能看见满天星星,大,又亮又近,挂在屋顶的尖角上,仿佛伸手就能摘到。餐厅里的客人很安静,间或听到玻璃器皿细碎的碰撞声;灯光懒懒地洒了下来,不亮,不妨碍你留意窗外的星空。我们像坐在一本童话书里用餐。

虽说喝了点酒,大家也是淡淡的,想找点异国他乡的情绪,这种欧式风格的餐吧国内到处都是,实在勾不起什么来。有人提议唱点什么,桌上一位蒙古族音乐家便哼了几句短调。唱的时候,餐厅里的人说话的说话,忙的忙,似乎并不在意。刚唱完,全部鼓起掌来,把我们吓了一跳。旁边一位穿梅红色上衣的老太太几度回头,笑容极明媚,少女一般。第一次回头,笑容里还有些歉意,为自己的冒昧。第二次回头便仿佛和我们极熟了,用英语对唱歌的人说:"你长得很帅,可惜我太老了。"对面坐着她的老伴,端着一杯红酒,频频点头,极赞同的表情。

大家先是一愣,继而都笑了。见我们高兴,他们索性拉过椅子来攀谈起来。他们不是本地人,路过进来用一顿晚餐而已。问他们要到哪里去?他们说没有目的,只是想趁还走得动到处走一走。

没有打扰我们太久,他们就礼貌地站起来告辞,握完手,老太太再次夸赞了歌和歌者的容貌才走的。"你长得很帅,可惜我太老了。"这是我在英国听到的最动人的一句话,里面是典型的中产阶级的空虚,尤其是有她老伴那么认真而诚恳的表情做注解。

止泊

一天大风,从冠头岭看海下来,见岭下有一户农家,紧闭着门,几只鹅在外头没人管。有一只落在后面,正越过土路往家走。鹅本来就不会走路,此时更是艰难,长抻着脖子,屁股撅得高高的,尽力保持平衡,一扭一顿的,笨拙而妖冶。我正准备开过去,它忽然在路中间停住,翻身一躺,悠闲地用嘴剔起翎毛来。显然只有我避让它,没有它避让我的道理。它已经"此心安处是吾乡"了,可我还要顶着狂风骑回去。因为风太大,掌控不好车头,差点没开到田里去。

在大师兄家喝茶,他指着两句陶渊明的诗让我看:

前途当几许,未知止泊处。

"止泊"二字便让我想到了这只鹅。

最近常有天下虽大，无处止泊的感慨。北京肯定不合适，只能干事业。混到一定岁数，事业想不成功都不行了，因为闲下来实在无人可见无事可做。我们这些渐趋中年的青年人见了面还能说什么？父母的病或者生活的乏味。闹、玩，已经厌倦了，朋友之间也越来越不知道该说什么。在北京这种地方，若有人打个电话说上你家坐坐，至少也是失恋，否则哪有闲心。日光底下无新事，生活本已没有什么新鲜内容，没经过也见过，无非就是重复，自然是乏味的。哪比得上年少的时候，每天都有新的信息量。

每年总有几个月住在武冈，湘西南山城，有些不出名的山水和单调的田园风光。能愉悦于这些，是因为和父母在一起。有父母的地方自然是令人心安的。所幸的是他们身体都还好。年岁大了，一切都在未知之数，说说笑笑吃顿家常饭，再平淡也不是永远的，随时会中断，身边净有这样的例子。

我不是个奢求的人，有这样的日子已经够了。非要挑个毛病，就是没有朋友。偶尔想找人磨磨嘴皮找不到也是很闷的。

北海就在这个时候出现了。地图最南端斜扎着的一小根刺，电动车半小时就能在南北两个海滩之间杀个来回。"经济第四极""东盟十加一"于我何干？我看重是那里有闲人。这些闲人颇有些文化倒在其次，重要的是他们都还愿意说些无用的话，不会开口闭口的挣钱挣钱。

父母不喜欢北京，却对北海有好感，兴许是南方人的缘故，对南方比较适应。我便在北海安了家。有父母有朋友，有时间自己支配不用遭人驱遣，有闲钱暂时还过得去，还想怎样？最近朋友们又纷纷操起心来，说我还需要个女朋友——他们是好心，哪有这么完美的，上帝若这么宠着我，我都看不过去了，他该知道我是最经不得宠的。

身边缺少个人，有时候也有种无根无蒂的感觉。黄昏时候，一个人骑车到海边，看了月亮怎样从海雾里生出来，然后就回家。大师兄的新房装修好了叫我去，两百多平方米全打通，每个窗户都看海，触目皆是巨大的空处，地上铺的是青石板，海雾在上面凝成了水，黑漉漉的。在这样幽冷的地方，自己那点孤独也便不算什么了。

大师兄信佛，出过家又还俗，所以戏称他为"大师兄"，瘦、清秀、骨格癯硬分明，温和得不能再温和，恬静得不能再恬静。他说他原来唱过摇滚，我们都不敢相信。他便寻出吉他唱了几句，声音酣畅痛彻，气焰冲天，鬼神齐至。放下吉他,他又化成了一摊笑眯眯的灰。

　　每次大师兄必和我说"活在当下"的道理,意思是人生无常, 可每一刻自有它的圆满和快乐。他喜欢沈从文,因为沈从文就惯于写这种当下的圆满。他不知道我们基督徒是有盼望的。他不理解我,我却理解他。有一次我在珠海路老街看见他,天将将黑的时候,他正站在那里欲走还留地看着什么,眼睛里闪着孩子的光,一点都不像四十多岁的人。无可看的一处地方,他专注地看了好久。我距离他只几步,他竟没有发现。我忽然明白了,这大概就是他的"活在当下"吧,天天路过的地方还能发现新东西。兴许他想的是, 这是最后一次来老街——他是说过这么一句话:"要把每一天当最后一天来活着"。

　　大师兄还有一句触动我的话,"要不费力地活着"。他若不说,我还真没觉得自己活得那么费力。

　　北海正是风生水起,黑地飞金之时,我们这些人却把这当作避世之所。北京,礼乐教化之邦,高人云集之处,见面不说点和利益有关的话,竟没人有心情陪你坐下去。世事的可爱就在这不可理喻之处。一时有感,顺手写下了这么几句:

分离想念，见面亦想念，
想念才是想念。

在外思乡，归乡亦思乡，
思乡才是思乡。

山野心闲，人境亦心闲，
心闲才是心闲。

名潮利浪，戛然止泊，
止泊才是止泊。

山色

　　立春后,郊外的山色好像有了些变化,很微妙,形容不出来。跑到山上一看,满山衰草枯杨和冬天没什么不同。忽然想起古人的话,说春天地气上升。可见这个变化不在外形,而在"气"上。

　　总觉得春天的山比较轻,也许是春天地气升发减轻了山的分量。若再下点雨,山会失去本来的颜色,变成蓝或紫,薄薄的,像水中的倒影。烟雨迷蒙的阳春二三月,隔着林烟看去,淡淡的山色飘然欲飞,河水凝着大理石的青光,中间由一道焰黄的油菜花隔开了阴阳。看着这样的景色,你会庆幸上帝没忘记给你造一双眼睛,不是每种生物都能看到这个世界的,蛇只能靠感知热能,蝙蝠靠超声波,何等单调乏味。

　　翻李时珍的《濒湖脉学》,发现四时的脉象也可以用来形容山色：

春山"弦细"；
夏山"洪浮"；
秋山"毛涩"；
冬山"沉石"。

四时脉象对应四时的山色竟可如此传神，可见古人的大道皆是从天地间领悟而来。

安静的去处

在买房子的问题上，小城市的人和大城市的人看法很不一样。

小城市的人喜欢住在闹市。上次回去，父母说房子旧了，市政又要扩路，要另置一个住处。我看中的地方是偏城郊，风景空气都好的。因为钱要我出，他们倒也不反驳，只是皱着眉，然后就说哪里哪里好。一听都是最热闹的地方。

小城市的热闹，是超出人想象范围的热闹。它有几个特点：

所有的商铺都兴放广播。从早晨七八点开始，无数的操着塑料普通话的人，在广播里同时喊着"跳楼！""放血！""走过路过千万不要错过！""你若想如何如何……"之类的话。多数是录音，无休止地重复，店主在旁边嗑着瓜子，嚼着槟榔,斜睨着过往的行人。就算没有什么可喊的店面,也不甘示弱,放些邓丽君、宋祖英的歌曲。本来很悦耳的声音,从劣质的音箱里用最大的音量放出来,变得极阔亮,足以在所有的噪音里劈开一条金光耀眼的路,猛地听到很有眼冒金星的可能。

这些声音一大,路上的车就有了压力,怕路人听不到,就把汽笛声开到最大。饶是这样,那些进城的农民还在车头前面乱钻乱撞。农村人大都一身是病,又舍不得钱医治,撞到最脱不了手。

又影响到路上的行人,他们攀谈、喊人、谈买卖从来都是扯着嗓子,否则会听不见。有一次,我上街碰到两个熟人,寒暄了几句,回来嗓子疼了一个星期。

晚上八九点,是一天噪音的最高峰。店铺大都还没关,在为一天的营业额做最后努力。居民们也会出门走上一走,算是一天的娱乐。这个时候,北京最堵的路段也畅通了,小城市的主干道路开始堵车:乱射的车灯,光柱里腾起的灰尘,拉长放大的人影乱窜乱摇。各种噪音打成一片,听久了有一种大楼坍塌的效果,忽然的坍塌,里面的人叫喊,逃跑;不知情的,手里正打出一张牌去:"五万!"有的还在笑,是个女人,"呷"的一声,瞬间便被旁边的声音盖下去了……

还好,这段时间不会太长,十点钟以前肯定会安静下来,街上就没几个人了。小城市的安静是彻底的,空无一物的安静,一时无法适应的耳朵还在自己作响,雪亮的一根钢丝在耳朵里慢慢地锯过去。这时候,楼下要是有一个街头卡拉OK,那就是最恐怖的事情。尤其是那些无聊的家庭妇女,最喜欢在孩子已睡,丈夫未归的时候,跑到街上,花上几块钱,唱上几首。唱的曲目多是春节晚会风格的喜庆民歌:《为了谁》《北京的金山上》……用又实又亮的左嗓子喊出来,一上高音,路灯都会暗一下,整条街的保险丝有烧掉的危险。

住在这样的地方,精神会在一星期之内崩溃。父母却不这样觉得,他们是向往繁华的,毕竟一辈子没有繁华过,闹腾一点也是好的。我也不好硬拦着,这件事只怕还是要依着他们。

北京稍微有钱一些的朋友,最大的愿望就是上几十公里外的郊区,买上一套有草地的别墅,哪怕那些草地折合下来要几万块钱一个平方。我们原本有的是草地可以玩,结果考上好的大学,留在大城市,有了所谓的出息,为了一点绿色和新鲜的空气却要付出这么大代价。历尽千辛万苦,转了个圈,还是回到原处;兴许还不是原处,一个浪头打过来,翻到了浪底,半路上就粉身碎骨了……

郊外的别墅,说起来洋气,其实是件既不实惠也不方便的事。钱自然不用说,一套别墅就够普通人吃上几辈子的了。不堵车的时候,从城里打个来回,就相当于小地方两个城市之间的距离。要是碰上堵车,进不去出不来,到家已是深夜,大好的休息时间就在马路上浪费掉了。

当然,我这样兴许一辈子买不起别墅的人说这样的话,总觉得少了些说服力。一位买得起别墅的演员朋友说过一句类似的话,很富时下流行的人本主义精神。他说:"钱够我也不买。是我为它服务,还是它为我服务?想找个安静的去处,哪里不能去?"

说到谁为谁服务这个问题,不得不说到小城市的消费理念。他们总是要把钱花在有形的地方。所谓有形,就是房子。中国人最喜欢做的事情就是买房子,置田地。现在田地不能买卖,剩下就只有房子了。

最可以省的是吃,吃进去还不是拉出来。他们看病,大都是气虚血亏,或者五劳七伤,究其原因是身体太累,又吃得不好。吃些好的,休息一下就行了,大可不必吃药。大城市的人看病,大多是肝郁气滞,胃热脾盛,脂肪肝。营养太多，头脑太复杂所致，吃药也解决不了根本问题。

——这不是我乱说的，是一个老中医告诉我的。

然后就是省穿。随便有两件衣服，只要不太丢面子，基本可以不花钱。别看外面周周正正，也许里面是破破烂烂，十年八年前的东西。大城市的人正好反过来，看一个人有没有钱，外面是很难看出来的，要看里面穿的是CK，还是地摊货。

小地方经常有这样的人：苦哈哈地过了一辈子，最后修了一座大房子，临街的，有五六层。儿女们未必肯住在一起；租又租不出去，最后这所房子只能空着，唯一能派得上的用场就是给修造者做纪念馆。话又说回来，变一世人，总该有些铁铮铮的东西在手上抓着，心里才踏实。我们的上一辈又是被骗怕了的，房子比儿女都更讲信用，且不用说别的。

大城市的房子不用承担这么多哲学命题。统共只有几十年土地使用权，眼看着一天天在贬值，更不能传于后世，买它无非就是想寻一个安静的去处。其实也未必能安静得下来，想想高昂的物业费和交通费就不能，何况还是贷款买的。

还是我朋友那句话，安静的去处哪里不能找。

大学毕业那一年，从南到北地找工作。最北到过长春，最后还是回到湖南，结果家乡也不留我。走的头一天晚上，住在岳麓山下的一个宾馆里。宾馆很旧、暗、潮、一股霉味。半夜睡不着，一阵山风从山上透下来，湿湿的樟树叶子的气味，看来这一面山坡全是樟树。那一刻真是安静，安静得像走进了一间旧房间，见到的都是自己曾经用过的东西。几个月以来，第一次不去想以后，想的全是从前：好多年前也住过这样一个地方，窗外也有几株樟树，一下雨，凉凉的全是樟脑丸的甜香，在被窝里就能闻到……

　　在杂志做事那一年，妹妹暑假来北京玩。一个星期赶了一个月的活，老板还是不准假。一赌气去了无锡。妹妹在外景基地看拍戏，我就坐在三国城外的太湖边上，看太阳从湖面上往下沉。好大的一个太阳，接近湖面的时候变成了棕黄色，毛巾一样的质感。那个地方也很安静，有一对夫妻划艘小船在湖面上打鱼，那个男人的手黑黑的全是一道一道的口子。

　　从我现在坐的地方往门外看，对面就是卫生间。很短的距离内有深深浅浅的几束光：房间的、过道的、卫生间的。都不亮，像从隔壁房间透过来的。卫生间里淡白的瓷

308

砖,淡蓝的浴帘,搭毛巾的不锈钢套环也是淡淡的含着些不甚分明的圆光。屋里没有别人,它们静静等着的只有我一个。此情此景也是极安静的。

最安静的地方还是小时候住过的那条老街。尤其是午后,大人都睡了,小孩睡不着,又不敢闹,眼睁睁地看着窗户外面的阳光。阳光很炫目,一动不动地躺在巷子的地上,看多了会发晕,闭上眼睛,还是红一块,黄一块。一只鸡轻手轻脚地走进光里面。可能是因为太安静,胸口有些隐隐发闷。有个什么东西掉在地上,有人接着骂了一句,细听,是隔着两三条巷子传来的。到现在也不明白,怎么会那么安静?

瓜

　　我小时候生活在一个小县城的近郊,屋子周围只有三样东西:菜地、鱼池和荷塘。再往远处走就是大片的稻田。

　　稻田有一种刺挠挠的笔直的香气,像从晒塌了的皮肤上发出来的。大太阳底下,所有的气味都很浓烈,显不出它来。半夜躺在床上,只要有点风,这种气味蚊帐一样罩过来,满满的哪里都是,和蛙声搅在一起,是最适合中宵起坐吹风纳凉的氛围。大观园里有个"稻香村",所谓稻香,那些上趟街都要严严实实封在轿子里的太太小姐们恐怕只能凭想象。稻田的香气又怎么能想象得出来?从小闻到大,都未必能明了它到底是一种怎样的香气,何况从字面上去揣测。黛玉给宝玉代笔的那首应制诗里面有一句:"一畦春韭绿,十里稻花香。"大观园里只有黛玉有这个发言权,她母亲死后,随贾雨村走水路来到贾府,沿途肯定经过了不少稻田。有这种香气打底,黛玉比别的姐妹清逸些也就说得过去了。

　　荷塘的味道虽不是很浓,却很爽快、熏人。走到近前,立刻觉得自己被包裹了,遍天遍地都是淡淡的荷叶气味,听觉和视觉也模糊起来,全世界都是圆汪汪的绿。诗里说"接天莲叶无穷碧",一池莲叶,论高论宽,和"接天"二字都相去甚远。这两个字应该是从嗅觉上来的。荷叶有类似于兰花、松树那种高绝的香;又不全是,还掺杂些煮高粱玉米的俗香。"黄粱一梦"里那个做梦的人,梦里做了宰相,梦一醒,发现睡前煮的一锅高粱米饭刚刚做熟。他半梦半醒的时候,闻到的该是荷塘的味道。这种味道很适合中国人的性情,一半在天上,一半在人间,既出世又入世,还有一股天真的放浪劲。龙井茶的香味也有这种奇妙的混合,尤其是新茶,若有若无地能闻到一股煮粽子的气味,所以龙井茶也是很受欢迎的。

　　鱼塘多数时候是平静的,上面覆盖着半池浮萍或者水葫芦,有一种沤湿的腥气,阴沟和下水道常有的那种,闻多了容易引起抑郁。这些水生植物,鱼吃得快,长得更快,碰上鱼胃口不好,它能把整个鱼塘密封了。污绿的浮萍,青黑的水面,显得整个鱼塘一片寂静,只听见噼噼啪啪鱼吃水草的声音,看不见任何动静。可以想象,那些无根的植物,悄无声息地转了个圈,被鱼吞进了肚子里,它们的魂要是回来会找不到自己原先的位置,因为两边挤挤挨挨的浮萍马上填充了那个空处。生育太频繁就是这样,连老带少都变得不值钱。看花鼓戏,戏里一大家子,子女说自己夜夜织斗篷,削竹签,父母还动不动打骂;父母则哀叹自己做最重的活,还吃不到半点油星子,好容易炒了半斤肉,子女们一哄而上,连辣椒皮皮都没给剩下,只好蹲在门口,腐乳凉水,送下半碗饭去。一家人公说公有理,婆说婆有理,谁都是一肚子的委屈。外面的人看来,只觉得好笑。可要是没有这些笑料,小市民的生活只怕会像那片鱼塘,死气沉沉得让人发疯。所以,挑担歇肩的,端着空碗的,门口剥着豆子的,都在长篇大套的说自己的家务事。明知道别人脸上没什么,话里话外全是漠然和笑谑,也都愿意被别人笑,更愿意笑别人,算得上是一种互通有无,公平交易。小市民的逻辑是人钱两清的。逢年过节,两兄弟分一只羊,都要把秤拿出来,足斤足两的分清楚。虽然有些可笑,可爱的成分还是居多——对利益的计较只要直率地表达出来,就没那么让人反感。

有时候,鱼塘会忽然热闹起来,像一锅煮开了的水,满塘油青的鱼背,划出一道道弧线,总有三五斤一条,很快又归于平静。这种情景渔户是高兴,在我看来只觉得恐怖。这么小的鱼塘,生活着这么多鱼,还都是一样的鱼,拥挤和乏味可以想见,是容易引起集体的精神错乱。这样的生态环境类似于大城市里的小区,难怪楼上楼下,经常有人把音响开到顶点,楼板都在震,还有撞墙摔砸的声音。

和荷塘和鱼池比,菜地是最多的。里面通常种着三种瓜:南瓜、冬瓜、丝瓜。在我的印象里,它们的花都是没有气味、面目模糊的。可能也不是完全没有香味,只是没人去注意。它们的果实区别很大,植株却毫无个性,惊人的相似:都是藤蔓类;叶子介于多边形和多角形之间,灰败的,最不得人意的绿,要不是叶片还比较大,简直可以认为是杂草;花一律是黄,最俗气的那种黄,形状像小学生手工课上的作品,皱皱巴巴,大开门,不羞不臊地把花蕊赤裸裸地敞在外面,好像来就是应付个差事。它也明白,它的职责就是繁育一个硕大的后代,除此以外毫无价值。就像很多正头娘子原配夫人,无论怎么打扮,都不足以引起丈夫的兴趣,便索性采取一种放弃的姿态。可她们知道,财产香火于她们有份,相比那些姨太太二奶们,地位要稳固得多。因为人生目的单一,她们纵然狭隘自私,也是憨憨的,瓜花的情态。对有些女人来说,想求得欲望上的全面满足还是太难,为了钱和子女,只好放弃一些切实的幸福。

把结在藤架上的冬瓜画下来,可以命名为《老妻》。杜甫的诗里经常提到的那个老妻,眼枯骨枯,低眉顺眼的。细细的藤上,吊着一个个巨大无比的瓜,像瓜里面的大象,看着只觉得惨烈,就像一个干瘦的妇人,却有一对松垮发达的大奶,奶大了十来个健壮的孩子一样让人不可思议。南瓜也是,不过南瓜是卧在地上的,是休息的姿态,看上去没那么残忍。丝瓜好一些,瓜不大,细细长长的,和它的植株正配套。因此,丝瓜的架子也搭得最高,初夏时分,一堵绿色的墙,阳光底下,闪金跳绿,很壮观的场面。

小时候,我家隔壁有一个老太太就种了好几架丝瓜。她喜欢无缘无故骂我们这些到处乱窜的小孩,想提早吓住我们,以免将来对她的瓜不利。我们领会到了这层意思,便拿削铅笔的小刀,把接近根部的一条分支割断。藤很细,叶子又多,谁也看不出来。过了几天,那堵绿色的墙便一分两截,中间漫长的一道全枯了,像草地上新开的一条土路,好多没有开足的花和幼小的瓜都死在了枝头。老太太用拐棍敲着墙骂着恶毒的话,我们远远地看着,心里只觉得惊叹,觉得完成了一件伟大的事情。

瓜田看多了有一种最不耐烦的长夏的单调感，尤其是那些趴在地上的西瓜、红薯之类。到了瓜成熟的时候，瓜农会在田间用细竹竿搭一个架子，上面盖着透明的塑料薄膜，下面放一张竹制的凉床。晚上有人睡，守着瓜不被人偷走。远远看去，像一团雾飘在瓜田上面，很诗意的景象。哪怕是个最平常的农妇，睡在里面，兴许都会不由自主地摆出一个妖媚的姿态。唐明皇带杨贵妃出逃，在山野途中休息的时候，大概就在这样的小篷子里，用霞影纱烟雨罗之类最名贵的丝织品罩起来的，既可以阻挡蚊虫，又可以欣赏田间风光。

　　南方阴湿，遍地都可以种瓜插柳，屋前屋后，天井，甚至阳台。因此，很多南方人打开窗户就可以看到一架半架瓜。在多数人眼里，瓜田菜地实在没有可欣赏的地方，除了有点所谓的田园风光。要是四周都是田园，这点风光只怕也是多余，俗气得很。

　　屋子附近的一个垃圾堆上爬着一株南瓜藤。不知道是有人特意种的，还是扔在垃圾堆上的南瓜子自己萌发出来的。垃圾堆发出熏人的味道，一些鸡和狗在上面啄嗅，这株南瓜却长得很茂盛，花大叶肥，隐现着一些初生的小瓜。我从外地回来，还没进家门便先看到了它，想起我在

315

北京的生活,再看看它懒洋洋的姿态,心里熨帖极了,人生最舒服的姿态也就这样了吧,不管在多糟糕的地方,只要心安便是家乡。

性感的菜地

前几天去乡下散步,在菜地旁边发现几朵黄色的野百合花。百合放在花店里是最打眼的,很奇怪,开在菜地旁居然一点都没占着便宜。

离它不远就爬着一条瓠瓜藤,棉布白的花,花形和百合有些像,姿态却要含蓄得多。花瓣边缘上卷卷的,很幼嫩,似乎天生就带着三分笑,像个十六七岁的农村女孩,也大方,可说话前非要害羞地磨蹭一下——她似乎已经懂得了她之所以招人喜欢的全部秘密。和瓠瓜花相比,百合像从写字楼里走出来的着正装的女人,不是不美,美得生硬,美得太穷形尽相了。

下边的瓠瓜已经快熟了,上边的藤还在开花。开花的时候它是个白净乖巧的小妹妹,结成了瓜也是个标致的小妇人。瓜的上半截是慢慢放大的细圆形,略弯了弯到下边是更肥的圆,仿佛是油脂凝成的,带着些弹性,淡黄偏点绿,还有细毛毛——若是淡红色,用"红玉一团"来形容再贴切不过了,这是《长生殿》里形容杨玉环睡态的。

过了端午,雨一收,乡下便是花的天下。

首先,所有的瓜类豆荚类都有花。瓜类的花形大,通常是黄或白,是烈日下最热烈刺激的颜色;豆荚类的花小,简简单单三两瓣掐拢来,颜色也没那么艳,却最善于攀爬,爬篱爬墙爬矮小的灌木都是它们的擅长,光溜溜的竹竿也能毫不费劲地爬上去,千朵万朵撒得哪里都是。

水里头,莲花自不必说;农户养了给鱼吃的水葫芦到了这个时候也开一种哀矜的紫花,很美,玉簪那样好几朵长在一根管子上。只是生得不是地方,阴紫掉进暗绿里总让人注意不到它的存在,若是开在篱笆或案头上不知道有多少风韵。

野菊花也在这个时候开了,高一片矮一片的散落在菜地旁边,远看像雪或杨絮,近看一朵花上都有好几种颜色。

芭蕉开一种巨型蛋壳一样的花,笨笨地拖在刚长出来的芭蕉下面,和嫩蕉叶颜色差不多,乍看还以为是卷着的新叶子。

此外,水稻玉米等这些粮食该扬花的也都在扬花。这些花虽然大都不怎么起眼,却像油画的底色一样,缺了它,画面的饱满和迷眩便无从谈起。

田地村庄,角角落落,所有的花辛辣烂漫地燃过去,风里头粉腾腾全是陌生的香气,浓一阵淡一阵,千丝万丈的从田野上空荡过,加上蜂蝶成团成阵癫狂地来,这种点彩派风景画的效果远非花店里那几捧矜骄做作衣冠楚楚的花可比。

辣椒花在菜地里是最平庸的, 平庸到提不起兴趣去写它。它的植株很矮小,高大一些的杂草都比它体面。一朵朵小碎花脸朝下吊在枝上,想看也看不清。把花摘下来看,见棱见角的,一点都不细致,偏偏还有一个臃肿的灰紫的蕊塞在里面,花蕊顶上有一小点黄。所谓"红配紫一泡屎",现在看来黄配紫也好看不到哪里去。不过, 看久了也有它的味道,让人想起小集市旁麻将馆里的那些女人:瘦、黑、声音尖、手脚快,在麻将馆门口脏脏的红布帘子底下钻进钻出。也是极力打扮着的,只不过她们的办法是一劳永逸的,文眉、文眼线、漂唇。要在毒日头底下讨生活,要在麻将馆里熬夜,她们没办法让脸上的斑和皱纹淡下去,可她们有本事让嘴唇二十四小时都是鲜红的, 这种腌熏卤腊一样的情调对某一类男人兴许是很有诱惑力的。她们不怕穿最犯冲的颜色,也经常把内裤穿得比外裤还高。没生意的时候细眉一拧,眼睛一阴,拿根牙签叉手站在店门口剔牙吐口水。她们也知道淑女这个词,可偏不那样——够不上淑女,横泼一些也是好的,至少可以震慑同性,让她们不敢对自己说三道四。何况她们够得着的男人也都上了些岁数了,男性的本能在衰退,有时候也喜欢慑服在女性的雌威之下。也许她们明白自己的秘诀是什么,又不是少男少女了,索性都扯开了完事。

空心菜、莴笋叶、姜禾禾,很嫩的时候就被掐了卖掉,所以看不到花。姜禾禾一根细挺的光杆子,上面稀疏地夸着几片长长的硬叶子,再没有多余的一点什么了,风一吹一个劲在摇,看上去像个傻傻的男孩子,清秀、瘦,自己以外还有个自己,是健壮并带点军人或黑社会气质的。他照这个理想打扮着,穿宽大的裤子和短小的上衣,身材的缺点完全被夸大,可他不觉得,还扳着单薄的肩膀,很结实似地走路。在同性眼里他的样子是很可厌,该修理的,当然,偶尔也会格外招女孩喜欢。等有一天他明白自己还是适合穿得斯文整洁点的时候,晚了,那些适合他的年轻人的衣服可能再也用不上了。

茄子树是个做粗活的穷苦妇人,终日酱紫着脸,叶子永远是脏脏的泥土色。新结的茄子却是少有的洁净,玻璃般光滑,紫得像一缸水,半点杂质都没有。只不过抱在这样一个疲遢的妇人手里,实在让人不愿意相信它的洁净。

苦瓜的叶子边缘很长,弯弯曲曲的线条。它的藤也格外蜿蜒,吊须格外卷曲,细看像京剧《天女散花》的舞台背景,真是说不尽的祥云缭绕。

一户农家门口有一小片菜地,青菜、瓜类,甚至橘子葡萄什么都有,大约是供自家吃的。一条丝瓜藤,沿着根光竹竿爬到了顶上,不能再爬了,便垂吊了下来。那根竹竿可能刚折下来没多久,还没被晒硬,受不住压稍稍弯下腰去。这条细细的丝瓜藤借着竹竿的一弯腰在空中屈成烟一样的弧线,好看至极。在接近顶部的地方,相当于女人鬓边的位置,开着一朵小黄花——只有一朵。远处的稻田翻滚着,傍晚的风浩浩地吹过来,到了这朵花上只一颤便收住了。

过去是我的老朋友

我已经有十来年没回中学了,这次回去,以前的教学楼、食堂、宿舍和记忆里的相比,变得又矮又旧又小,要不是对旁边的一些老树有印象,简直不能辨认。可能跟旧有关系,或者是我上中学的时候个子小,看什么都高——当时个子也不小了,初中照的毕业照好多同学比班主任老师高。

这些没有意义的问题想多了会无端伤感。不过,有资格自寻烦恼的人还是过得舒心的。我对自己的生活就很满意:有比工薪阶层高的收入;有大把空闲的时间;工作起来很累,不过,只要我对自己写的东西看得上眼一些,也可以不那么累。总之,是一切可以由着自己,不用受人管束。

过了三十岁,便不由自主地开始想到底该怎样打发剩下的几十年时间。基本的原则早就想明白了,一定要做自

322

己喜欢做的事情,绝不为虚名虚利去累逼自己。即便如此,自己喜欢做的事情到底是什么也是个很头疼的问题。做不成的时候觉得都很有意思,等到能去做了,又觉得都没什么意思了。越是想过得有质量些,越是胡乱索然地就过了一天。

春节前,有几个朋友开车从湖南新宁到广西桂林的山区里去洗温泉。山路极窄,没有护栏,几尺外就是陡坡峭壁。由于车子在半空中不停地起落盘旋,精神又紧张,前所未有的晕车。到了下来一看,发现温泉没有想象的那么好,只不过是平地上的一个露天的游泳池。说是游泳池,也就比洗浴中心的泡澡堂子大不了多少,旁边放了几个简易的柜子,有两间临时搭起来的房子,用来换衣服的。门票固然便宜,二十块钱一个人,老板连拖鞋都没备够,后来的客人要光着脚走到温泉里去,当时正是隆冬。千辛万苦的来了,也只好脱了鞋,硬着头皮下去。一行人都在怀疑温泉的真实性,怕是人工加热的,四顾没有烟囱,洗着洗着身上滑溜溜的,这才放下心来。

我向来对这种集体的出游活动不感兴趣,我喜欢一个人,哪怕在田间河边走一走,走停喜忧皆随自己是最舒服的。之所以答应去洗温泉,是因为之前的半年一直在北京写东西,很少出门,半年下来回头一看,什么内容也没有,这跟我最讨厌的上班生活有什么区别?就算写一百年,回想起来只怕还是一天。这才逼着自己多出去走走,多接触人。

当时泡得就很失望,由于光着身子从温泉出来,受了点寒,回去的那段山路更不舒服了,接下来一连几天都很疲乏,只想睡觉。后来想起来才慢慢觉得有些意思,毕竟那样的山路也难得一走。温泉里有几个脖子以上极力打扮着的女人,旁边是几个老板气质的男人。几个山区的男孩,十六七岁,对这些身份暧昧的外来女人很有兴趣,眼神左右来去地看她们。那几个女人也肆无忌惮地看这几个男孩。有一个身量还没完全长开,四肢圆实的男孩很躁动,不时爬上岸又跳下来,还像鱼一样一跃而出,把自己摆在水中央瓷砖砌的台子上,在冷风里坚持一会儿,又滑进水里去。大概是感觉到了自己也在被看所以这样。

这个场景当时也没觉得有什么特别,现在一想却是一幅绝好的油画,陈逸飞的风格:水雾氤氲,撩骚性感,幽暗深沉的底色里显出活泼跳溅来。由于淫荡得含蓄、天然,便有了一种艺术的意味,如同那些远古神话的绘画,女娲山鬼之类,一般也是赤裸的男女,却没有猥亵感,只有浮雕

324

一样的混沌初开的莽莽的气魄。确切地说,温泉里的情景应该是用玉石做的微雕,艺术和崇高只能意会,仔细看只有阴柔和可爱。

回去的时候,在温泉附近的农家饭店吃了鹿肉火锅。用一口农村炒菜的黑铁锅架在火盆上吃。坐的是矮凳,基本上和蹲在地上差不多,吃的时候还要低下头去。量是足,鹿肉的味道却没留下什么印象,也就是肉而已。倒是他们的猪肉很好吃,既香嫩又有嚼劲,城里是吃不到这个味道的。看来最美味的东西就是大家日常吃的,人类几千年遴选下来的。

温泉鹿肉好也好坏也好,已经过去了,过去的自然是好的,物是,人也是。失去的则是最好的,无可比拟地好,因为已经无法拿出来再比了。

若是有时空机器,让我选择未来和过去,我宁可回到过去。未来再好,对我而言无非就是童话王国或者科幻世界,再神奇也是不贴心的。过去则是自己的,是老朋友,是家里人,是小时候睡过的床,磨得润亮的旧藤椅的把手。

可真要回到过去又是另外一回事。中学生活无非就是不合身的衣裤;寒风里的自行车;满手的冻疮;寝室里橡胶鞋阴湿的沤臭味;永远做不完的作业考不完的试;自习教室里白森森的日光灯,审讯室一样的白,审讯着一个个没什么过去,更不知道将来,只知道苦苦埋着头的半大的孩子。再远些,回到古代,就算风流快活如乾隆下江南也未见得有多好,光是一两个星期洗不上一个澡,现代人是绝对不干的。现代人的东西,比如飞机、空调、手机、电视,在古人看来只有虚构的天堂里有。天堂又如何?现在的人还不照样天天抱怨生活太单调无聊。

过年的时候,有一天太冷,又没有麻将打,大家都缩在外婆家的地灶上烤火,我小姨忽然冒出这么一句话:"变个人真是吃亏的,又要愁吃穿,又要愁房子,还要愁车子。"问她想另外变个什么?她又答不上来。人生在天地间就算只有基本的吃穿用度,得到的已经够多了,再贪求也是费力不讨好,终究会觉得没意思的。

我们还有邻居吗

在常看常新这一点上，没有任何一部作品能和生活本身相比。哪怕是些陈词滥调的东西，也经常会在生活中发现完全不一样的理解。比如这样一句话："小隐隐于野，大隐隐于市。"我一直的理解是：真正有定力的人，在城市里也能隐居，这样的人才厉害，才算"大隐"。

有一天去超市回来，拎的东西太多，不得不半路放下休息一会儿，看到我住的小区，危蠹蠹的一大片高楼，浸在灰灰的烟气里，一到下班时间，这股灰烟就格外的浓，下面汩汩的全是车流的噪音。远看不像是一片房子，像蒸着的一大笼子点心。成千上万个人这样一层层叠起来，想想都很有压力感。旁边过去几个人，好像是我的邻居，忽然想到，在这个号称北京东部最大的小区里住了快两年了，居然一个邻居都不认识，这才恍然大悟什么叫"大隐隐于市"？原来都市才是真正适合隐居的地方。

邻居当然不是没有，有几位经常能在电梯间或楼下碰到，可能大家出门的时间比较一致，只是谁也不会和谁打招呼，好像都已经打好了主意，这一辈子铁定不发生任何关系了，就算挤在同一部电梯里，眼睛都是看着别的地方。

有一位带着个小女孩的年轻妈妈，很瘦，焦黄脸，年纪不大，眉边眼角有些黑皱皱的，兴许是为了保持身材不敢多吃所致。腰却挺得很直，看着孩子乱跑紧张的时候也很注意仪态，轻易不肯弯下腰去。这些所谓高学历高收入的女人，事业、青春、爱情、生育哪一样都耽误不起，气色自然好不来。她只有在看孩子的时候眼睛是柔和的，看别人总有些高高在上的味道，可能是某个外企的高级主管，不得已被孩子牵制在家里。倒是那个像她一样黄瘦的小女孩，经常会在电梯里对我咔吧咔吧挤眼睛，很讨好的样子。

有一个男的，像个举重运动员，手粗腿粗脖子粗的，比常人的体积要宽厚一倍，脖子和脸的连接处，密密麻麻全是大包小包，即便是冬天碰到他，都会有一股燠热之气扑面而来，总觉得他脖子上那些活火山随时有喷发的危险。

和他同乘电梯是痛苦的,尤其是从二十层直接下到一层,会觉得缺氧。其实他不是个运动员,有一次听他打手机,是在推销,说话的声音非常斯文,让人很失望。

有个老太太经常站在楼道的深处, 外面的阳光很刺眼,却只能照到她膝下的一小块,她的脸总是在阴影里。看上去很老,完全枯干了,个子小,驼背,膝盖弯着,几乎是半蹲——真正的"S"形。她一站就是一个下午,站的姿势很特别, 像提一口气准备往前迈一步, 还没迈出时的样子,就这样保持住。猛一打眼,老缩缩的;仔细看,却颇有几分轻逸的味道,整体效果像上乘的书法,迟小秋唱的程派也有类似的味道。她的眼睛也很有意思,周围的皮肉干缩了,往后退,眼珠子便孤零零地凸了出来,像布娃娃脸上安的玻璃珠子,晶亮晶亮的,眼睛里的光很纯净,像婴儿的眼神。老太太脸上长双这样的眼睛,有种说不出的亲热和可爱。兴许人老到没有了欲求,自然而然就"专气至柔"得像婴孩一样了。"专气至柔"是道家推崇的一个至高的境界,多少人生经历都不足以真正改变一个人,除了生理。通常情况下,她都是一动不动地站着,有人从她身边过,也没有反应。只有一次, 见她和打扫卫生的阿姨在说话,也不知道是在骂什么人,兴许是自己的媳妇,很激动,塌了中气的嗓子弱而尖，呼哧呼哧气流进出的声音像风吹着破窗户纸。没料到她会有这么大的情绪反应，觉得异样的恐怖。其实每次看见她，我的心情都不会很好，总不免想到自己的将来。普通人的一生无非就是从这个楼道到那个楼道，在最拥挤的地方做一个孤独的文明社会里的人。

有一位经常买菜的老头，夏天爱穿仿绸褂子。他一进电梯就低着头，从来就没看清过脸，花白的头发，皮肤保养得很好，脖子后那一片都是白净的。就因为保养得好，更有一种凄凉的味道。

一个男的，高高大大的，长得还不错，就是头发少了些。带着女朋友的时候穿得特别干净光鲜，不带女朋友的时候，衣服塞着半边就出来了。永远没睡醒，头软软地往两边倒，头发黏糊糊的贴在头皮上，落魄得不能再落魄了，身上露出的标签却多是名牌。由于对什么都是懒得一看的态度，便隐约生出一丝没落贵胄公子的神气，相形之下，他有精神的时候反倒显得俗气和油滑。很长一段时间，我一直以为是两个人。

这些就是我从来没打过招呼的邻居，每次看到他们，在灯光惨白的门洞或电梯里，总有些冷冷的命运之感。

估计他们看我也是一样，兴许他们从来没有认真看过我,像我这样有闲工夫,又有闲心的人还是少的。北京的生活纵有诸多不便,有一样还是方便的,就是可以随便穿个什么在小区里逛,不必担心有人注意。拖鞋当然不要说,如果不是因为人类的脚底板退化了,我会更喜欢赤脚出门。衣服怎么穿都可以,原则只有一条,就是绝不能因为出去十五分钟另穿脏一件衣服,手边是什么就穿什么。单身生活一切从简,何况我是个怎么舒服怎么来的人,从不会为别人的眼睛去累掯自己。要是大家能接受裸体,我也很愿意。其实能夏天穿内裤出门就很好了,像海滩一样,不必出门一次穿脱一次费事。在南戴河那样的海滨城市,经常会看到女人穿着泳衣乘公共汽车,大家不觉得有什么不妥。凡事无非是个习惯,虽然现实中不敢穿着内裤出门,做梦的时候我光着身子出去过,不管不顾的,很洒脱,倒是醒来后有些心有余悸。

在老家反倒不敢这样随便乱来,自己虽然没什么,却要给父母撑面子,还说是北京工作回来的——天知道那些邻居把我想象成什么高级人物。

老家那些邻居,现在已经有些淡忘了,我十九岁就离开了家,只记得他们好起来特别好,吵起架来也特别凶。有一家和我家打过架,过了没多久,不知怎么又好了,吃鸡吃鸭的都会送碗汤送只鸡把子过来，过年的腊肉猪血丸子都包揽过去帮我们家做了。好也好吵也好，所谓"远亲不如近邻"，感情近才这样，要是现在这些邻居，吵架的缘分都未必能有。

记得小时候，隔着半条街有那么一个女的，比我大一些，好像有个抱在手上的孩子，样子现在记不起来了，不熟，平时碰见不打招呼的。有次我们在另外一条街碰到了，不知怎么都有些不好意思，点头笑了一下。后来在自己那条街上碰见也打招呼了。现在想想满有意思的：在自己那条街上，我们是不熟的，不用打招呼；到了另外一条街，相比之下，我们就成熟的了，意思意思都觉得有打个招呼的必要。至于为什么不好意思，可能是又想起来平时是不打招呼的吧——小地方的人到底面子薄些。

万物之逆旅

今天早上，音乐频道介绍俄罗斯的民歌，节目里说：俄罗斯的民歌有三多，纤夫的歌曲多，马车夫的歌曲多，政治流放犯的歌曲多。旅途大概能使人的音乐天分变得高起来，俄罗斯的旅途比任何国家的旅途都可怕，国家太大太冷，人是无边无际的冰川上的企鹅，所以俄罗斯的民歌比任何一个国家的民歌都要深沉忧郁。

再喜庆的民歌听到最后都是悲的。一代代传下来，就算唱的是今天的歌词，曲子却不知道是何年何月的了，那么多代人，那么多过去了的快乐沉积在一首歌里，到了今天就只剩平静地嘶喊了，"月亮出来亮汪汪亮汪汪"，翻来覆去就是这一句，先是觉得美，听久了会悲到骨子里去。看舞台上演世界名著，剧中人痛苦的时候不会特别感动，看到他们聚会、饮宴、欢庆就会有些伤感：原来他们也曾这样的快乐……

在戏剧学院,戏文系的宿舍比较干净;表演系的宿舍会比较脏,乱七八糟的东西很多;舞美系的宿舍则完全不像人住的地方,里面胡乱堆着些架子纸布之类,像一个仓库。到了晚上,灯光一照则像小县城汽车站的候车室。每次路过的时候,都忍不住要往里面看一眼,对里面的氛围有一种说不出来的喜欢。人对旅途的感情大概就是这样,既害怕又有一种难言的留恋。

严格意义上来说,现代人是没有旅途的,与目的地之间只连着车站车厢,或者机舱机场,于方便之外,少看了很多东西。城市里通常是看不到什么的,连最基本的绿化都成问题,人居环境里该有的动植物都没有。诗词里面常出现的海棠、芍药、月桂、玉簪、锦鸡、鸳鸯,几乎没有什么形象概念,只能依据字面去胡乱想象。这可能就是欣赏古典文学最大的障碍所在。

我们和旅途已经隔绝,目的地大多也没什么意思。普天下的宾馆都长得一样不说,去哪里都是同样的街道,建筑物的外表千篇一律,商场里陈列着同样的品牌。有次,火车半夜经停郑州站,特意下车买了瓶矿泉水,然后欣慰地对自己说,我也算到过郑州了,虽然那瓶矿泉水也是娃哈哈的。这是对现代人旅行最大的讽刺。现代人自诩有个性,从居住的城市上看,实在是太没个性了。有次去乌鲁木齐,下了飞机看着这个和中原有着两三个小时时差的城市,说是广州长沙长春也都行。

如果把自己等同于办公室的一把椅子,没有情感和美的需求,现代人的生活无疑是好的,是方便实用的。选秀节目里长得好看的淘汰了,长得丑丑怪怪、另类的人气都很高。从前的人推开窗,眼睛里看的是青山绿水池鱼鸣禽;现代的人起床就是电脑游戏视频动画,眼光被改变也是情理之中。

理想中的旅途是二胡曲《良宵》的情调:寒冬的夜晚路过一个市镇,满街炭火的味道,户户都有欢声笑语,快近新年了,又正是用晚饭的时候。路边有人在卖油炸的点心,有些饿了,又不想停下来,一两个小时就到家了……这样的旅途也是很遥远的事了,用脚去长途旅行对人类来说更是个不可企及的梦,偶尔有这样的人马上就会上电视新闻。

李白说,"夫天地者,万物之逆旅;光阴者,百代之过客。"这个世界就是个旅馆,住上个几十年,迟早是要走的。离开这个旅馆,死亡只是旅途的开始。我习惯把死亡想象成太空里行星之间无拘无束的一些飞行物质；有时候也会觉得是一个密封的空间,机舱那样的,不过是黑的,像古人描述的那样："埏门只复闭,白蚁相将来。生时芳兰体,小虫今为灾……"

香港导演拍香港人的住房,永远像一个船舱,拥挤的,燠热的,不知道航行到哪里去,人像炎夏沼泽里的虫子一样密密麻麻地蠢动着,可能是因为香港的房子太紧张。这正是香港电影最让人喜爱的一点印象，比真实的人生更加真实得可怖。

我曾经在南方郊外的阡陌上发现一条废弃的道路,据说是上世纪五六十年代修的,修的不是地方,已经被周围的田侵吞了。有一小段地势比较高的还保留着,上面荒草漫道,路边零落地长一些油菜苋菜稻粱之类的作物,农民路过时遗落的,或者是随风随鸟类而来的种子,由于没有人收割,一路摧枯拉朽、杀气腾腾地蔓延开去。

每次爬上这条土路,我都会想象它当初的样子,它到底是往哪个方向去的, 上面来来往往的又是些什么样的人？有时候,它会让我想起鲍照的诗："泻水置平地,任尔东西南北流,人生亦有命,安能行叹复坐愁……"那一段时间,它是我每天必去的地方,在上面随便一坐,看着野外荒草茫茫的景色,不知不觉就过了几个小时。这样的地方,不用脚去走,怎么找得到?

有次在路边的斜坡下发现一根竹笋。到了一人高的时候我就想,是不是该分支长叶了,结果长到了一两层楼高,下半截已经完全是一根粗壮成形的竹子了,上半截依然是一根巨型的竹笋,裹着灰黑的有刺的硬壳,很凶悍地刺入天空。它到底会从什么部位,怎样长出枝叶来?是从竹节上斜长出来,还是等上面的硬壳有一天轰然剥落,里面像巨伞一样开出细细的竹枝和淡黄的竹叶?若真看到这一幕,我肯定会很激动的。可惜没等看到,因为工作的原因就离开了那个地方。

桃梨赋

北方的春天去得太快,春雪未断就升温,桃梨杏棠一齐开那么几天,花期很短,想看已经没有。南方的春天来去都慢,桃花极盛时,梨花才含苞。各有各的天时地气,有的是工夫孕育妆容一一登场,可惜春节后总是等不到梨花开便回了北方。

翠云峰下有座小丘,半丘楠竹,半丘梨木。年年是冬天去的,纵有"千树万树梨花开"的盛景,也只能遥想。今年是铁了心要看那半丘梨花了,在新疆开完会,借口要回家安安静静填写歌词,便和剧组告假直接飞回了湖南。

当日便寻到了小丘。已是黄昏,黑夜正凶腾腾地从野地里升起。远看,小丘尽笼于暮霭竹烟之中;近看,梨木青森一片,悄然潜伏。梨花正半含半吐,忽明还幽,像开在冥界。

恰好丘下沟渠边有几树桃花，在风中颤颤地洒着花瓣,若以树形论,梨树高昂,桃树矮懒。

若以枝干论,梨木柔直清修,质如檀枝铜线;桃木横斜参差,质如锈石腐木。

若以叶论,梨叶幼圆;桃叶细长。

若以花苞论,梨花小而紧;桃花尖而翘。

若以花蕊论,梨花敛于花心,桃花探向花外。

若以花瓣论,梨花轻小,桃花丰柔。

若以分布论,梨花团簇于短枝之上,繁密热闹;桃花分散于长枝拗节,乱开乱谢。

若以色论,梨花以淡白清洁取胜;桃花以水红妩媚见长。

若以香论,梨花是天然的清润之气,并不以花香媚人;桃花略有淡膻,如村野少女之体香。

若以栽处论,梨花宜庭院;桃花宜野外。

若以天气论,梨花宜雨;桃花宜晴。

若以性格论,梨花金荣玉贵,看似柔弱,花瓣轻易不堕,诗云"梨花一枝春带雨",只有梨花才擎得住雨;桃花看似顽贱烂漫,稍有风来便落红成阵,只剩满枝光秃秃的花蕊。

若以诗词论,梨花宜宋词;桃花宜古体。

若以画论,梨花宜工笔;桃花宜写意。

若以画家论,梨花宜宋元文人;桃花宜扬州八怪。

若以书法取喻,梨花如王羲之,初看端庄朴健,细看秀逸天然;桃花如唐伯虎,初看放诞,细品哀婉。

若以乐声论,梨花宜笛音,檀板香口;桃花宜笙箫,山野村歌。

若以装束论,梨花宜宽袍大袖,汉唐气韵;桃花宜软绵薄纱,元明风情。

若以妆容论,梨花素面朝天;桃花粗扫蛾眉。

若以交游论,梨花宜静室谈心;桃花宜相携出游。

若以观赏之时间论,梨花宜清晨;桃花宜薄暮。

若以观赏时之饮品论,梨花宜茶;桃花宜酒。

若以观赏之心情论,梨花宜轻愁;桃花宜半醉。

若以观赏之方位论,梨花宜凭窗赏;桃花宜舟中看。

若以与人之距离论,梨花似远实近;桃花似近还远。

…………

新雾

二〇〇七年三月二十日,农历二月初二,春分前一天。

今天早上一起来就很兴奋,迫不及待地要把这个日期写下来,因为外面下了很大的雾。

我是一九九五年去的北京,近来回想起在湖南的生活,在天气里,春夏天的雾是给我印象最多的。大早上若有雾,表示是个晴天,雾下得再大,最多八九点钟就会散去。我回老家一般是春节前后,冬天的雾,旧棉鞋里的老棉花一样黑乎乎的,不像春天的雾,新买的蚊帐一样轻、白。刚刚过去的十几天就是愁云惨雾的阴雨天,立春已经过去一个多月,桃花也已经开了,在气候上感觉还是和冬天没什么两样。

我在附近走了走,附近是一些农家,门前一般都种着几株竹子、芭蕉和桃花,也不是习俗,大家都不约而同地这么种。太阳的光线在渐渐加强,雾像温水里的奶粉一样,慢慢流动着溶解着,干干净净细细末末仿佛能一粒粒看见。芭蕉泡在雾里,鬓披撕裂的大叶子,废弃的宫殿一样,又像演出后正在拆卸的舞台。竹子已经翠绿了一个冬天了,被雾一洗,更显得枝低叶新,泼天的秀逸之气直逼到眼睛里面去。桃花已经凋零了许多,在雾里看不真切,新长的桃叶却含情作态,让人觉得桃树后面不是农舍,而是一个古代的书院或者后花园,"墙里秋千墙外道,墙外行人墙里佳人笑。"何况墙外的行人还是孤身赶路的青年男子,哪怕不是那么多情和心思细密的,也禁不起这样春雾春风的撩弄。

前几天见桃花渐次隐去,油菜花也旧了,心里还有些失落,没想到又来了这帐新雾。在大城市里纵然日日饮酒,夜夜笙歌,无非就是酒吧歌厅,都是些暗无天日的房间,四时仿佛一季,十年仿佛一日,回头想想只觉得可怕。

后记

我们的文化是"天人合一"的文化,几千年来,我们遵循着日月之常生息劳作:

自然界的更迭变化,我们叫"天时";

世上的悲欢离合,我们叫"天意";

天地间最高的法则,我们叫"天机"

…………

现在我们却与天地隔绝了。我曾经写过一个儿童剧,剧中有一个小孩问她爸爸,春天开的桃花是什么样子的?爸爸才发现,原来他的小孩连桃花都没见过。别说是小孩,就是上了些年纪的人,分不清桃花和梨花的也大有人在;书上经常提到的梅花蔷薇之类,见了也未必认识。生活越来越被限制住了,在室内的时间越来越多。小孩子也受到影响,他们能培养的爱好只是物质的,不懂得去自然界里享受那些取之不尽用之不竭,又不花钱的东西。这样一来,所谓的"消费"只会越来越时兴,地球也就会越来越快地被掏空和污染。

所以想写这样一本书,想让大家重新听到"天"的声音,唤起大家对自然里那些真正美好的东西的兴趣,然后生活得天然些。所谓"天然",就是天之自成,不是人力所为。说得实际些:首先要不损害地球;其次要更快乐更轻松。

对于地球上唯一在工作的物种人类来说,轻松越来越是件困难的事情。所谓成功人士,就是那些肯为不必需的东西终生服劳役的人。

我有个天真的想法,也许只需要稍微改变一下审美方式和生活习惯,很多大的问题就能迎刃而解,人类大可不必如现在这般对前途如此悲观。

刘希彦